PETITS CLASSIQUES

LAROUSSE

Collection fondée par Félix Guirand, Agrégé des Lettres

Sindbad le marin et autres contes

Les Mille et Une Nuits

Édition présentée
et annotée
par
Houda AYOUB

www.petitsclassiques.com

SOMMAIRE

Avant d'aborder le texte

Sindbad le marin

Comment lire l'œuvre

ISBN 2-03-588236-2

Avant d'aborder le texte

Les Mille et Une Nuits

Titre : *Alf layla wa layla*, littéralement, « mille nuits et une nuit ».

Genre : contes de nature multiple : contes merveilleux, poésie, fables, roman de chevalerie, récits de voyages. Toutes ces histoires sont enchâssées dans un récit-cadre (ou conte-cadre) : l'histoire de Schéhérazade et du roi Schahriar, qui leur sert de prétexte et de fil conducteur.

Conte : récit qui, à l'origine, se transmet de bouche à oreille. Cette tradition orale est encore perceptible dans la structure et le style des contes. Dans certaines civilisations, ce sont des conteurs professionnels qui assurent la circulation et la transmission de ces récits.

Conte merveilleux : récit mettant en scène des créatures imaginaires et des forces surnaturelles : dieux, génies, fées, ogres…

Auteurs : ils sont multiples, et sont tous restés anonymes.

Structure : un conte-cadre offre le prétexte à l'enchâssement d'une multitude d'autres contes.

Lieux : l'Inde, la Perse, la Chine, l'île de Ceylan et une multitude d'îles réelles et imaginaires. Les grandes villes du monde arabe que sont Bagdad, Bassora, Le Caire, Damas….

Époque : plusieurs temporalités, réelles et imaginaires, s'entremêlent. Certaines périodes de l'Histoire sont toutefois identifiables, puisque certains contes évoquent des personnages historiques connus : le calife Haroun al-Rachid, son vizir Jaafar…

Principaux personnages : le roi Schahriar, Schéhérazade et Dinarzade, les deux filles de son vizir. Dans les contes enchâssés : le calife Haroun al-Rachid, son vizir Jaafar, le pêcheur et le génie, Ali Baba, Sindbad le marin, et bien d'autres personnages imaginaires.

Sujet : un roi tout-puissant découvre que sa femme le trompe. Il la tue et décide de se venger d'elle sur toutes les femmes de son royaume. Chaque jour, il épouse une jeune fille et la tue le lendemain de la nuit de noces. Son grand vizir, c'est-à-dire son Premier ministre, est chargé de trouver des jeunes filles pour satisfaire le désir de vengeance du roi. À la surprise générale, Schéhérazade, fille aînée du vizir, insiste pour devenir, elle aussi, l'épouse du roi. Lors de la nuit de noces, elle entreprend de raconter au roi des contes merveilleux. Elle tente ainsi de le divertir et de le faire renoncer au dessein de la tuer. C'est pourquoi elle interrompt son récit au lever du jour, à un moment critique de l'histoire ; ainsi, le roi lui laisse la vie sauve jusqu'à la nuit suivante pour connaître la fin de l'histoire. Lors de la mille et unième nuit, le roi a fini par changer d'avis sur les femmes et plus généralement sur la vie humaine. Schéhérazade a su le convaincre de préférer l'amour à la vengeance. Elle devient la reine du royaume et la mère du prince héritier.

GENÈSE
DE L'ŒUVRE

Origines et sources de l'œuvre

D'où viennent *Les Mille et Une Nuits* ? En quelle langue ont-elles été composées ? Quel était leur titre d'origine ? À quelle date sont-elles nées ? Qui en est l'auteur ? Autant de questions que les spécialistes n'ont pu résoudre qu'à moitié, tant les origines de cette œuvre sont lointaines et obscures, tant aussi sont nombreuses les tribulations de ce texte qui a traversé plusieurs siècles et plusieurs cultures très différentes les unes des autres. Comme leur héroïne principale, Schéhérazade, *Les Mille et Une Nuits* ont eu à lutter pour leur survie. Pourtant, dans ce long voyage, elles n'ont rien perdu de leur fraîcheur et n'ont cessé d'emprunter à chacune des cultures qui les accueillaient de quoi s'enrichir et devenir plus passionnantes encore pour leurs lecteurs et auditeurs. Le peu que l'on sait des origines des *Nuits* est aussi étonnant que les contes qu'elles renferment.

À Bagdad, des contes persans traduits en arabe ?

On peut dire sans exagérer qu'il aura fallu plus de dix siècles pour que le texte prenne sa forme actuelle. Nées en Inde, probablement au Vᵉ siècle après J.C., dans un terrain littéraire riche en récits, contes et fables, *Les Mille et Une Nuits* auraient émigré une première fois, aux alentours du VIᵉ siècle, vers la Perse où elles prirent le nom de *Hézar afsâné*, les « mille contes », avant de continuer, deux siècles plus tard, leur chemin vers Bagdad, capitale de l'empire arabo-musulman. Plusieurs de ces récits ont ainsi pour cadre les palais

Assemblée littéraire dans un jardin des environs de Bagdad.

fastueux, les jardins merveilleux ou encore les riches marchés de cette ville cosmopolite, images inséparables de l'âge d'or du califat abbasside. Ce n'est pas un hasard si, parmi les nombreux personnages réels ou imaginaires de cette œuvre, figurent le fameux calife Haroun al-Rachid (786-809) et son brillant vizir Jaafar.

On sait peu de choses sur la forme du texte à cette période reculée, si ce n'est que les contes furent alors découpés en une succession de « nuits ». Al-Mas'ûdî, un grand lettré du Xe siècle, est le premier à évoquer l'existence des *Mille et Une Nuits*. Dans son ouvrage *Les Prairies d'or*, il le classe parmi les ouvrages traduits d'une langue étrangère (persan, sanscrit ou grec) : « L'ouvrage appelé *Hézar afsânê* [...] se dit en arabe *Alf khurâfa* (« Mille récits extraordinaires », *afsané* étant l'équivalent persan de *khurâfa*). Ce livre est connu sous le nom de « *Mille et Une Nuits (Alf layla wa layla)* : il raconte l'histoire d'un roi, de son vizir, de sa fille Shîrâzâd et de la servante de celle-ci, Dînâzâd. » Al-Mas'ûdî se méprend-il ici sur le statut de Dinarzade, la jeune sœur de l'héroïne, ou était-elle bien une servante, dans une ancienne version du texte aujourd'hui perdue ? Nous ne saurons répondre à ces questions. « On peut, poursuit-il, ranger aussi dans la même catégorie *Farzî u-Sîmâs*, avec ses histoires sur les rois de l'Inde et leurs vizirs, *Sindbâd* et autres recueils du même genre. » Mais al-Mas'ûdî ne semble pas tenir ces récits en haute estime. Il affirme en effet qu'ils sont « pure invention, fabriqués ou enjolivés par des gens qui cherchaient, en retenant et débitant ces récits, à approcher les princes et à assurer leur emprise sur leurs contemporains ».

Dès le départ, le texte semble donc s'élaborer à la fois sous une forme orale et écrite. Oraux, les récits qui constituent la base des *Mille et Une Nuits* le sont certainement. Presque au même moment qu'al-Mas'ûdî, le libraire Ibn an-Nadîm, dressant un énorme catalogue de toute la production écrite en arabe, les range parmi : « les récits qui circulent pendant les soirées », narrés par des « conteurs de récits extraordinaires ». Selon lui, c'est Alexandre le Grand qui le premier aurait « pris goût à ces causeries du soir. Il s'entourait de gens qui l'amusaient et racontaient des histoires extraordinaires ». Mais l'évocation de grandes figures de souverains amateurs de contes pourrait être un alibi flatteur. En effet, pour ces lettrés du Xᵉ siècle, le plaisir que l'on prend à écouter ces histoires est toujours un peu honteux. Et celles-ci leur paraissent peu dignes d'être mises par écrit, tant leur style les éloigne des canons admis par la grande littérature arabe de l'âge d'or abbasside. S'il existe, dès cette époque, des versions manuscrites des *Nuits*, elles appartiennent à une « sous-littérature » à la forme inachevée et toujours changeante, au gré des conteurs ou des scribes.

Au Caire, une tradition conservée et enrichie

Entre le XIᵉ et le XIVᵉ siècle, alors que Bagdad connaît une ruine certaine, c'est au tour du Caire de devenir la grande métropole cosmopolite et bouillonnante du Proche-Orient. Et c'est là que viennent se réfugier *Les Mille et Une Nuits*. Toute une série d'histoires nouvelles, mettant en scène le petit peuple des artisans et des commerçants, au détour de ruelles tortueuses, vient s'ajouter au texte de Bagdad. Certains contes prennent aussi une dimension ésotérique, portant l'estampille des croyances particulières de la dynastie fatimide qui règne alors sur l'Égypte. Pourtant, presque personne ne parle de l'existence d'un recueil de contes intitulé *Les Mille et Une Nuits*, sauf l'écrivain égyptien al-Qurtî qui mentionne, en passant, des histoires « que les gens se racontent » et qu'il compare « aux *Mille et Une Nuits* et autres contes semblables ». De fait, certains contes semblent mener une vie indépendante. On en retrouve quatre par exemple, au milieu d'autres récits d'origines diverses, dans un livre célèbre du XIIIe siècle, intitulé *Histoires merveilleuses et Récits extraordinaires*. L'Égypte joua un rôle déterminant dans la conservation du patrimoine littéraire en langue arabe, y compris les manuscrits des *Nuits*.

À Paris, une traduction qui crée un nouveau texte ?

Leurs traces vont ensuite s'effacer pendant plus de cinq siècles, jusqu'à ce qu'un Français, Antoine Galland, qui avait étudié les langues orientales, ne découvre lors de l'un de ses nombreux voyages en Orient, sept contes qu'il entreprit de traduire au début du XVIIIe siècle. sous le titre de « Contes arabes », et qui n'étaient autres que l'histoire de *Sindbad le Marin*. Croyant trouver un texte plus complet d'où auraient été tirés ces contes, il fit venir de Syrie un manuscrit des *Nuits*, et décida de le « mettre en français ». Ce faisant, Galland mêlait deux textes parvenus jusqu'à lui par deux voies différentes, mais qui devaient s'avérer inséparables pour le lecteur européen par la suite. Galland, tel un conteur avisé, alla même jusqu'à découper les sept voyages de *Sindbad* en nuits, les faisant ainsi rentrer pleinement dans une structure narrative qui le fascinait. Mais son travail ne s'arrêta pas là. Selon un procédé très à la mode à l'époque, il recueillit en outre plusieurs récits, d'abord oraux, puis mis par écrit, auprès d'un Syrien chrétien,

Hanna, qu'il rencontra à Paris en 1709 chez le voyageur Paul Lucas. Une partie de ces contes, dont les célèbres « Aladin » et « Ali Baba », furent publiés dans les quatre derniers tomes de ses *Mille et Une Nuits*. La publication de Galland sauvait non seulement le texte de l'oubli, le faisait connaître en Europe puis dans le monde entier, mais elle l'enrichissait surtout de façon décisive et irréversible.

Texte « à éclipses », comme le dit André Miquel, multiple et variable, le texte des *Nuits*, par son élaboration, paraît donc inséparable de ses divers voyages. Voyages dans l'espace, dans le temps, mais aussi dans l' « océan » de la littérature mondiale, d'une langue à l'autre. Plus que tout autre texte, *Les Mille et Une Nuits* nous montrent que le travail de traduction est toujours un travail de création linguistique, stylistique et parfois même narrative. À la suite de Galland, d'autres traducteurs proposèrent de nouvelles versions des *Nuits* en s'appuyant sur une tradition manuscrite riche de nombreux exemplaires ou en procédant à des redécoupages ou des enrichissements divers de la trame narrative. La plus célèbre d'entre elles est sans nul doute celle de Mardrus, datant de la fin du XIXe siècle, qui utilisa une édition du Caire, mais il faudrait aussi citer celles de Lane, Burton (en anglais), ou plus récemment, de R. Khawam, jusqu'à celle, beaucoup plus complète, d'André Miquel et Jamal Eddine Bencheikh. Étrange destinée que celle d'un antique texte, venu de l'Orient, qui n'a cessé de s'enrichir depuis près de trois siècles sous la plume d'auteurs issus de l'Occident, ou même sous le regard de cinéastes (Pasolini) ou de dessinateurs, qui viennent à leur tour

Manuscrit de l'école de Bagdad, XIIIe siècle.

esquisser mille et une constellations. Multiple comme les nuits qu'il porte dans son titre même, le texte ne saurait se réduire à une seule ou même deux ou trois versions. Il est une création plurielle et ouverte, forgée par la somme des transmetteurs, conteurs, scribes et traducteurs, anonymes ou célèbres, qui ont garanti au texte sa transmission par-delà les frontières et à travers les siècles.

1

« Pour le reste, tous ceux ou presque qui sont au fait de l'histoire passée tiennent ce genre de traditions pour pures inventions, fabriquées et enjolivées par des gens qui cherchaient, en retenant et en débitant ces récits, à approcher les princes et à assurer leur emprise sur leurs contemporains. Il en va ici comme des livres qui nous sont parvenus à partir de traductions du persan, du sanscrit *(hindiyya)* ou du grec *(rûmiyya)* et qui ont été composés dans le même esprit. Tel est l'ouvrage appelé *Hèzâr afsânè*, ce qui se dit en arabe, *Alf khurâfa (Mille Récits extraordinaires)*, *afsânè* étant l'équivalent persan de *khurâfa*. Ce livre est connu du public sous le nom de *Mille et Une Nuits (Alf layla wa layla)* : il raconte l'histoire d'un roi, de son vizir, de sa fille Shîrâzâd et de la servante de celle-ci, Dînâzâd. On peut ranger aussi dans la même catégorie *Farzî u-Sîmâs*, avec ses histoires sur les rois de l'Inde et leurs vizirs, le *Sindbâd* et autres recueils du même genre. »

Mas'ûdî, *Prairies d'or*, traduction de Barbier de Meynard et Pavet de Courteille, revue et corrigée par Ch. Pellat, Société asiatique, Paris, 1965, tome II, § 1415-1416.

2

« Les premiers à composer des récits extraordinaires, à les rédiger en forme de livres, en y faisant à l'occasion parler les animaux, et à les garder dans des bibliothèques furent les anciens Perses. Ce genre suscita ensuite la passion des souverains arsacides, qui sont la troisième dynastie des rois de Perse. Le mouvement s'accrut et s'intensifia avec les Sassanides. Traduits par les Arabes en leur propre langue, ces textes intéressèrent les maîtres du style et du bien-dire, qui les polirent, les enjolivèrent et composèrent eux aussi, sur ce modèle, des œuvres de même inspiration.

« Le premier livre du genre fut le *Hèzâr afsânè*, ce qui veut dire *Mille Récits extraordinaires (Alf khurâfa)*. Il est inspiré par l'histoire suivante : un de ces anciens rois, lorsqu'il se mariait, tuait au matin la femme avec laquelle il venait de passer la nuit. Il finit par épouser une jeune fille de naissance royale, l'une de ces femmes qui sont douées d'esprit et de savoir. Shahrâzâd, c'était son nom, lorsqu'elle se trouva en présence du roi, entreprit de lui raconter des histoires extraordinaires en poursuivant son récit jusqu'à la fin de la nuit, si bien qu'elle inclina le roi à lui laisser la vie sauve, dans le désir où il était d'attendre la nuit suivante pour connaître la fin de l'histoire. L'aventure se poursuivit pendant mille nuits et comme le roi, de tout ce temps-là, couchait avec Shahrâzâd, elle se trouva grosse d'un garçon, qu'elle lui présenta en lui révélant le stratagème dont elle avait usé. Séduit par tant d'intelligence et gagné par l'amour, le roi lui laissa la vie sauve. Il avait, à la tête de sa maison, une femme nommée Dînârzâd, qui était d'intelligence avec Shahrâzâd.

« On a assuré que ce livre était l'œuvre d'al-Humâ'î, la fille de Bahman, mais on connaît aussi d'autres versions à ce propos. Je dis, moi, que la vérité, à supposer que Dieu veuille bien qu'il [en] soit ainsi, est la suivante : le premier qui prit goût à ces causeries du soir fut Alexandre. Il s'entourait de gens qui l'amusaient et lui racontaient des histoires extraordinaires. Mais il s'agissait là moins de plaisir que de se protéger et garder par des exemples. C'est dans ce même esprit qu'après lui les rois en usèrent avec le *Hèzâr afsânè*. Celui-ci s'étend sur mille nuits, mais rassemble en réalité moins de deux cents récits : aussi bien des histoires de ce genre ne peuvent guère être enfermées en une seule nuit. J'ai eu plusieurs fois l'occasion de voir ce texte complet : à la vérité, c'est un livre fort indigent qui raconte assez froidement.

Ibn an-Nadîm, *Fihrist*, éd. G. Flügel,
Leipzig, 1871, tome I, pp. 304-305.

3

« Les bontés infinies que feu M. de Guilleragues, votre illustre Père, eut pour moi dans le séjour que je fis il y a quelques années à Constantinople, sont trop présentes à mon esprit, pour négliger aucune occasion de publier la reconnaissance que je dois à sa mémoire. S'il vivait encore, pour le bien de la France et pour mon bonheur, je prendrais la liberté de lui dédier cet ouvrage, non seulement comme à mon bienfaiteur, mais encore comme au génie le plus capable de goûter et de faire estimer aux autres les belles choses.

. . . .

Après la perte irréparable que j'en ai faite, je ne puis m'adresser qu'à vous, Madame, puisque vous seule pouvez me tenir lieu de lui ; et c'est dans cette confiance, que j'ose vous demander pour ce livre, la même protection que vous avez bien voulu accorder à la traduction française de *Sept Contes arabes*, que j'eus l'honneur de vous présenter. Vous vous étonnerez que depuis ce temps-là je n'aie pas eu l'honneur de vous les offrir imprimés.

Ce retardement, Madame, vient de ce qu'avant de commencer l'impression, j'appris que ces contes étaient tirés d'un recueil prodigieux de contes semblables, en plusieurs volumes, intitulé *Les Mille et Une Nuits*. Cette découverte m'obligea de suspendre cette impression, et d'employer mes soins à recouvrer le Recueil. Il a fallu le faire venir de Syrie, et mettre en français le premier volume que voici, de quatre seulement qui m'ont été envoyés. Les Contes qu'il contient vous seront sans doute beaucoup plus agréables que ceux que vous avez déjà vus. Ils vous seront nouveaux, et vous les trouverez en plus grand nombre ; vous y remarquerez même avec plaisir le dessein ingénieux de l'Auteur Arabe, qui n'est pas connu, de faire un corps si ample de narrations de son pays, fabuleuses à la vérité mais agréables et divertissantes. Je vous supplie, Madame, de vouloir bien agréer ce petit présent, que j'ai l'honneur de vous faire ; ce sera un témoignage public de ma reconnaissance et du profond respect avec lequel je suis et serai toute ma vie,

Madame,

Votre très humble et très obéissant Serviteur,

GALLAND.

Épître d'Antoine Galland à Madame la Marquise d'O, dame du palais de Madame la Duchesse de Bourgogne.

Réception du texte

Si les premiers témoignages sur la réception du texte en Orient et en Occident divergent, c'est que les contextes historiques, eux aussi, sont différents.

En Orient

Comme on l'a vu plus haut, les canons littéraires étaient très stricts sous le règne des Abbasides. On ne tolérait que des textes bien travaillés et écrits dans un style sans faille. Une œuvre traduite et souvent transmise oralement ne pouvait que choquer les goûts littéraires dominants. Rien d'étonnant à ce que *Les Mille et Une Nuits* n'aient pas beaucoup résisté à l'oubli. À cela s'ajoutent deux tares originelles qui resteront pour longtemps attachées à l'œuvre : être un texte « traduit » d'une langue étrangère, le persan, et ne pas tenir compte des exigences de l'islam. En 1985 d'ailleurs, un décret de l'université égyptienne d'al-Azhar, référence en matière religieuse dans le monde musulman, condamnait encore la lecture des *Nuits*. L'islam naissant qui voyait sans doute d'un mauvais œil des récits qui mettaient en scène des rituels païens (le culte du feu, par exemple) et l'université a dû travailler activement à les islamiser en les rendant conformes aux valeurs religieuses que l'islam défendait. Mais il demeurait une quantité non négligeable de récits qui ne pouvaient que paraître subversifs pour la jeune religion ; les fables, pour ne citer que celles-ci, pouvaient choquer par leur présentation d'animaux qui ont l'usage de la parole. La transformation magique d'êtres humains en animaux ou en objets inanimés pouvait, elle aussi, susciter l'indignation de certains milieux très stricts qui y voyaient une prétention humaine à agir sur la création divine et à la transformer. Mais le grand reproche que l'on retrouve dans les rares témoignages d'époque est surtout celui de la non-appartenance de ces textes au registre littéraire reconnu comme tel à cette époque.

En Occident

L'Occident découvrit les contes des *Nuits* au début du XVIIIe siècle, à une époque où il y avait un vrai engouement pour les contes de fées et où la cour royale encourageait la découverte de littératures exotiques et étrangères. La traduction d'Antoine Galland et le soin qu'il apporta à la rédaction des *Nuits* les firent

admettre comme œuvre littéraire à découvrir. Galland leur aura ainsi offert leurs lettres de noblesse.
Mais là encore, traducteurs et éditeurs n'ont pas hésité à transformer le texte et à y intervenir pour le modifier et même à lui ajouter d'autres récits ou à en supprimer. L'absence d'auteur connu pour *Les Nuits* semble décidément représenter aux yeux de leurs lecteurs, traducteurs et transmetteurs une tentation irrésistible, celle d'occuper sa place vacante de créateur.

TABLEAU CHRONOLOGIQUE

Mille et Une Nuits	Orient et Monde arabe	Occident
Ve s. apr. J.-C. Naissance probable en Inde.	Ve s. apr. J.-C. La Mecque devient centre de pèlerinage.	476 Chute de l'Empire romain d'Occident.
VIe s. apr. J.-C. Apparition des « mille contes » en Perse.	224-637 L'Empire sassanide domine la Perse, l'Iraq et une partie de la péninsule Arabique.	
	570-632 Muhammad, prophète de l'Islam.	
2e moitié du VIIIe s. Traduction, enregistrement et compilation des contes en arabe à Bagdad.	749 Fondation du califat abbasside.	
	762 Fondation de Bagdad, capitale du califat abbaside.	768-814 Charlemagne, empereur d'Occident.
	786-809 Règne du calife Haroun al-Rachid.	
	803 Exécution du vizir Jaafar par Haroun al-Rachid.	
Vers 850 Composition de la *Relation de la Chine et de l'Inde*.	IXe s. Essor du commerce maritime entre l'Iraq, l'Inde et la Chine. Développement du port de Bassorah au nord du golfe Persique.	843 Partage de Verdun. Naissance du royaume de Francie occidentale.
Xe s. Première mention des *Mille et Une Nuits* par le polygraphe al-Mas'udi.	Xe s. Les califes sont dépouillés de la réalité de leur pouvoir par de puissants vizirs.	
	969 Fondation du Caire par la dynastie fatimide.	

Mille et Une Nuits	Orient et Monde arabe	Occident
XIe-XIVe s. Enrichissement des contes au Caire.		**1095** Le pape Urbain II appelle à la croisade.
		1099-1291 Présence des croisés latins en Orient.
	1169 Saladin met fin au califat fatimide du Caire.	
	1258 Prise de Bagdad par les Mongols et fin du califat abbasside.	
	1260-1517 Les Mamelouks dominent l'Égypte et la Syrie.	**1272-1295** Voyages de Marco Polo en Chine.
XIVe-XVIIe s. Les *Nuits* tombent dans l'oubli.	**1517-1919** Empire ottoman domine la Syrie et l'Égypte.	
		1535 Le sultan Soliman le Magnifique protège et encourage la présence commerciale des Français dans les ports du Levant (Alexandrie, Tripoli).
		1587 Création de la chaire d'arabe au Collège de France.
		1697 *Contes de ma mère l'Oye* de Charles Perrault.
1704-1717 Publication de la traduction française des *Mille et Une Nuits* par Antoine Galland.		

Mille et Une Nuits	Orient et Monde arabe	Occident
		1799 Campagne d'Égypte de Bonaparte.
	1805-1849 Muhammad Ali, gouverneur de l'Égypte, tente d'ouvrir le pays à la modernité.	
1814 Première version imprimée en arabe des *Mille et Une Nuits*, à Calcutta.		
1835 Première édition imprimée des *Nuits* au Caire.		
	1869 Ouverture du canal de Suez.	
	1882-1924 Protectorat anglais en Égypte.	
1899-1904 Nouvelle traduction en français par C. Mardrus.		
		1931 *Les Secrets de la mer Rouge*, Henri de Monfreid.
1974 *Les Mille et Une Nuits*, film de Pier Paolo Pasolini.		
	1985 Condamnation des *Nuits* par l'université islamique d'al-Azhar (Le Caire).	

Sindbad le marin
et autres contes

Les Mille et Une Nuits

Le pêcheur et le génie.
Estampe d'Edmond Dulac (1882-1953).

« Mais, Sire, ajouta Schéhérazade, quelque beaux que soient les contes que j'ai racontés jusqu'ici à Votre Majesté, ils n'approchent pas de[1] celui du pêcheur. » Dinarzade, voyant que la sultane s'arrêtait, lui dit : « Ma sœur, puisqu'il nous reste encore du temps, de grâce, racontez-nous l'histoire de ce pêcheur ; le sultan le voudra bien. » Schahriar y consentit[2], et Schéhérazade, reprenant son discours, poursuivit de cette manière :

HISTOIRE DU PÊCHEUR

Sire, il y avait autrefois un pêcheur fort âgé et si pauvre qu'à peine pouvait-il gagner de quoi faire subsister[3] sa femme et trois enfants, dont sa famille était composée. Il allait tous les jours à la pêche de grand matin[4] ; et, chaque jour, il s'était fait une loi[5] de ne jeter ses filets que quatre fois seulement.

Il partit un matin au clair de la lune, et se rendit au bord de la mer. Il se déshabilla, et jeta ses filets, et, comme il les tirait vers le rivage, il sentit d'abord de la résistance ; il crut avoir fait une bonne pêche, et il s'en réjouissait déjà en lui-même. Mais un moment après, s'apercevant qu'au lieu de poisson il n'y avait

1. **Ils n'approchent pas de :** ils sont loin d'être aussi beaux que.
2. **Consentit :** donna son accord.
3. **Subsister :** vivre.
4. **De grand matin :** de bonne heure.
5. **Il s'était fait une loi :** il s'était fixé comme règle.

dans ses filets que la carcasse[1] d'un âne, il en eut beaucoup de chagrin…

Schéhérazade, en cet endroit, cessa de parler, parce qu'elle vit paraître le jour. « Ma sœur, lui dit Dinarzade, je vous avoue que ce commencement me charme, et je prévois que la suite sera fort agréable. — Rien n'est plus surprenant que l'histoire de ce pêcheur, répondit la sultane ; et vous en conviendrez la nuit prochaine, si le sultan me fait la grâce de me laisser vivre. » Schahriar, curieux d'apprendre le succès de la pêche du pêcheur, ne voulut pas faire mourir ce jour-là Schéhérazade. C'est pourquoi il se leva et ne donna pas encore ce cruel ordre.

IXe NUIT

« Ma chère sœur, s'écria Dinarzade le lendemain à l'heure ordinaire, si vous ne dormez pas, je vous supplie, en attendant le jour qui paraîtra bientôt, de me raconter la suite du conte du pêcheur ; je meurs d'envie de l'entendre. — Je vais vous donner cette satisfaction », répondit la sultane. En même temps elle en demanda la permission au sultan, et, lorsqu'elle l'eut obtenue, elle reprit en ces termes le conte du pêcheur :

Sire, quand le pêcheur, affligé d'avoir fait une si mauvaise pêche, eut raccommodé[2] ses filets que la carcasse de l'âne avait rompus[3] en plusieurs

1. **La carcasse :** le squelette.
2. **Raccommodé :** réparé.
3. **Rompus :** déchirés.

endroits, il les jeta une seconde fois. En les tirant, il sentit encore beaucoup de résistance ; ce qui lui fut croire qu'ils étaient remplis de poisson ; mais il n'y trouva qu'un grand panier plein de gravier[1] et de fange[2]. Il en fut dans une extrême affliction[3]. « Ô fortune[4] ! s'écria-t-il d'une voix pitoyable, cesse d'être en colère contre moi, et ne persécute point un malheureux qui te prie de l'épargner ! Je suis parti de ma maison pour venir ici chercher ma vie, et tu m'annonces ma mort. Je n'ai pas d'autre métier que celui-ci pour subsister ; et, malgré tous les soins que j'y apporte, je puis à peine fournir aux plus pressants besoins[5] de ma famille. Mais j'ai tort de me plaindre de toi ; tu prends plaisir à maltraiter les honnêtes gens, et à laisser les grands hommes dans l'obscurité, tandis que tu favorises les méchants et que tu élèves[6] ceux qui n'ont aucune vertu qui les rende recommandables[7]. »

En achevant ces plaintes, il jeta brusquement le panier, et, après avoir bien lavé ses filets que la fange avait gâtés[8], il les jeta pour la troisième fois. Mais il n'amena que des pierres, des coquilles et de l'ordure. On ne saurait exprimer quel fut son désespoir ; peu s'en fallut qu'il ne perdît l'esprit. Cependant, comme le jour commençait à paraître, il n'oublia pas de faire

1. **Gravier :** ensemble de petits cailloux.
2. **Fange :** boue.
3. **Affliction :** détresse.
4. **Fortune :** destin.
5. **Fournir aux plus pressants besoins :** répondre aux besoins les plus urgents.
6. **Tu élèves :** tu favorises, tu portes à un rang supérieur, tu honores.
7. **Recommandables :** dignes d'être estimés et recommandés.
8. **Gâtés :** abîmés, salis.

sa prière en bon musulman[1] ; ensuite il ajouta celle-ci : *Seigneur, vous savez que je ne jette mes filets que quatre fois chaque jour. Je les ai déjà jetés trois fois sans avoir tiré le moindre fruit*[2] *de mon travail. Il ne m'en reste plus qu'une ; je vous supplie de me rendre la mer favorable, comme vous l'avez rendue à Moïse*[3].

Le pêcheur, ayant fini cette prière, jeta ses filets pour la quatrième fois. Quand il jugea qu'il devait y avoir du poisson, il les tira comme auparavant avec assez de peine. Il n'y en avait pas pourtant ; mais il y trouva un vase de cuivre jaune qui, à sa pesanteur[4], lui parut plein de quelque chose, et il remarqua qu'il était fermé et scellé de plomb[5], avec l'empreinte[6] d'un sceau. Cela le réjouit. « Je le vendrai au fondeur[7], disait-il, et, de l'argent que j'en ferai, j'en achèterai une mesure[8] de blé. »

Il examina le vase de tous côtés ; il le secoua, pour voir si ce qui était dedans ne ferait pas de bruit. Il n'entendit rien, et cette circonstance[9], avec l'empreinte du sceau sur le couvercle de plomb, lui firent penser qu'il devait être rempli de quelque chose de précieux. Pour s'en éclaircir[10], il prit son couteau, et, avec un peu

1. **Faire sa prière en bon musulman :** selon les règles, c'est-à-dire 5 fois par jour et à l'heure fixée.
2. **Fruit :** résultat, bénéfice.
3. **Comme vous l'avez rendue à Moïse :** selon la Bible et le Coran, Dieu a fait s'ouvrir les flots de la Mer Rouge devant Moïse et son peuple, pour qu'ils échappent aux armées égyptiennes qui les poursuivaient.
4. **Pesanteur :** lourdeur.
5. **Scellé de plomb :** fermé avec un sceau, un cachet de plomb.
6. **Empreinte :** marque, cachet.
7. **Fondeur :** ouvrier qui travaille dans une fonderie, c'est-à-dire un endroit où l'on fond les métaux.
8. **Mesure :** récipient de capacité connue servant à l'évaluation des volumes.
9. **Circonstance :** particularité.
10. **Pour s'en éclaircir :** pour s'en faire une idée plus claire.

de peine, il l'ouvrit. Il en pencha aussitôt l'ouverture contre terre ; mais il n'en sortit rien, ce qui le surprit extrêmement. Il le posa devant lui, et, pendant qu'il le considérait[1] attentivement, il en sortit une fumée fort épaisse qui l'obligea de reculer deux ou trois pas en arrière. Cette fumée s'éleva jusqu'aux nues[2], et, s'étendant sur la mer et sur le rivage, forma un gros brouillard : spectacle qui causa, comme on peut se l'imaginer, un étonnement extraordinaire au pêcheur. Lorsque la fumée fut toute hors du vase, elle se réunit et devint un corps solide, dont il se forma un génie[3] deux fois aussi haut que le plus grand de tous les géants. À l'aspect d'un monstre d'une grandeur si démesurée[4], le pêcheur voulut prendre la fuite ; mais il se trouva si troublé et si effrayé qu'il ne put marcher. « Salomon[5], s'écria d'abord le génie, Salomon, grand prophète de Dieu, pardon, pardon ! Jamais je ne m'opposerai à vos volontés. J'obéirai à tous vos commandements… »

Schéhérazade, apercevant le jour, interrompit là son conte. Dinarzade prit alors la parole : « Ma sœur, dit-elle, on ne peut mieux tenir sa promesse que vous ne tenez la vôtre : ce conte est assurément plus surprenant que les autres. — Ma sœur, répondit la sultane, vous entendrez des choses qui vous causeront encore plus d'admiration, si le sultan, mon seigneur, me permet de vous les raconter. » Schahriar

1. **Considérait** : contemplait, examinait.
2. **Nues** : nuages.
3. **Génie** : être surnaturel doté d'un pouvoir magique.
4. **Démesurée** : excessive.
5. **Salomon** : le roi Salomon de la Bible ; dans le Coran, prophète qui dirige les anges et les démons.

avait trop d'envie d'entendre le reste de l'histoire du pêcheur pour vouloir se priver de ce plaisir. Il remit donc encore au lendemain la mort de la sultane.

Xe NUIT

Dinarzade, la nuit suivante, appela sa sœur quand il en fut temps. « Si vous ne dormez pas, ma sœur, lui dit-elle, je vous prie, en attendant le jour qui paraîtra bientôt, de continuer le conte du pêcheur. » Le sultan, de son côté, témoigna de l'impatience d'apprendre quel démêlé le génie avait eu avec Salomon. C'est pourquoi Schéhérazade poursuivit ainsi le conte du pêcheur :

Sire, le pêcheur n'eut pas sitôt entendu les paroles que le génie avait prononcées qu'il se rassura et lui dit : « Esprit superbe[1], que dites-vous ? Il y a plus de dix-huit cents ans que Salomon, le prophète de Dieu, est mort, et nous sommes présentement[2] à la fin des siècles. Apprenez-moi votre histoire et pour quel sujet[3] vous étiez renfermé dans ce vase. »

À ce discours, le génie, regardant le pêcheur d'un air fier, lui répondit : « Parle-moi plus civilement[4] ; tu es bien hardi[5] de m'appeler esprit superbe. — Hé bien, repartit le pêcheur, vous parlerai-je avec plus de civilité[6] en vous appelant hibou du bonheur ? — Je te dis, repartit le génie, de me parler civilement avant

1. **Superbe :** orgueilleux.
2. **Présentement :** actuellement.
3. **Pour quel sujet :** pour quelle raison.
4. **Civilement :** poliment.
5. **Hardi :** effronté, insolent, audacieux.
6. **Civilité :** respect.

que je te tue. — Hé ! pourquoi me tueriez-vous ? répliqua le pêcheur. Je viens de vous mettre en liberté ; l'avez-vous déjà oublié ? — Non, je m'en souviens, repartit le génie ; mais cela ne m'empêchera pas de te faire mourir ; et je n'ai qu'une seule grâce à t'accorder. — Et quelle est cette grâce ? dit le pêcheur. — C'est, répondit le génie, de te laisser choisir de quelle manière tu veux que je te tue. — Mais en quoi vous ai-je offensé ? reprit le pêcheur. Est-ce ainsi que vous voulez me récompenser du bien que je vous ai fait ? — Je ne puis te traiter autrement, dit le génie ; et, afin que tu en sois persuadé, écoute mon histoire :

« Je suis un de ces esprits rebelles[1] qui se sont opposés à la volonté de Dieu. Tous les autres génies reconnurent le grand Salomon prophète de Dieu, et se soumirent à lui. Nous fûmes les seuls, Sacar et moi, qui ne voulûmes pas faire cette bassesse. Pour s'en venger, ce puissant monarque chargea Assaf, fils de Barakhia, son premier ministre, de me venir prendre. Cela fut exécuté. Assaf vint se saisir de ma personne, et me mena malgré moi devant le trône du roi son maître. Salomon, fils de David, me commanda de quitter mon genre de vie, de reconnaître son pouvoir, et de me soumettre à ses commandements. Je refusai hautement[2] de lui obéir, et j'aimai mieux m'exposer à tout son ressentiment[3] que de lui prêter le serment de fidélité et de soumission qu'il exigeait de moi. Pour me punir, il m'enferma dans ce vase de cuivre ; et, afin

1. **Rebelles :** insoumis, révoltés.
2. **Hautement :** fièrement, sans crainte.
3. **Ressentiment :** colère, rancœur.

de s'assurer de moi et que je ne pusse pas forcer ma prison, il imprima lui-même sur le couvercle de plomb son sceau, où le grand nom de Dieu était gravé. Cela fait, il mit le vase entre les mains d'un des génies qui lui obéissaient, avec ordre de me jeter à la mer ; ce qui fut exécuté à mon grand regret. Durant le premier siècle de ma prison, je jurai que, si quelqu'un m'en délivrait avant les cent ans achevés, je le rendrais riche, même après sa mort. Mais le siècle s'écoula, et personne ne me rendit ce bon office[1]. Pendant le second siècle, je fis serment[2] d'ouvrir tous les trésors de la terre à quiconque me mettrait en liberté ; mais je n'en fus pas plus heureux. Dans le troisième, je promis de faire puissant monarque[3] mon libérateur, d'être toujours près de lui en esprit, et de lui accorder[4] chaque jour trois demandes, de quelque nature qu'elles pussent être ; mais ce siècle se passa comme les deux autres, et je demeurai toujours dans le même état. Enfin, chagrin[5], ou plutôt enragé[6] de me voir prisonnier si longtemps, je jurai que, si quelqu'un me délivrait dans la suite, je le tuerais impitoyablement et ne lui accorderais point d'autre grâce que de lui laisser le choix du genre de mort dont il voudrait que je le fisse mourir. C'est pourquoi, puisque tu es venu ici aujourd'hui et que tu m'as délivré, choisis comment tu veux que je te tue. »

1. **Office :** service que l'on rend à quelqu'un.
2. **Je fis serment :** je fis une promesse solennelle en invoquant un être ou un objet sacré.
3. **Monarque :** roi.
4. **Accorder :** réaliser, exaucer.
5. **Chagrin :** chagriné, contrarié.
6. **Enragé :** furieux.

Ce discours affligea fort le pêcheur. « Je suis bien malheureux, s'écria-t-il, d'être venu en cet endroit rendre un si grand service à un ingrat. Considérez, de grâce, votre injustice, et révoquez un serment[1] si peu raisonnable. Pardonnez-moi, Dieu vous pardonnera de même. Si vous me donnez généreusement la vie, il vous mettra à couvert[2] de tous les attentats qui se formeront contre vos jours. — Non, ta mort est certaine, dit le génie ; choisis seulement de quelle sorte tu veux que je te fasse mourir. » Le pêcheur, le voyant dans la résolution[3] de le tuer, en eut une douleur extrême, non pas tant pour l'amour de lui qu'à cause de ses trois enfants dont il plaignait la misère où ils allaient être réduits par sa mort. Il tâcha[4] encore d'apaiser le génie. « Hélas ! reprit-il, daignez avoir pitié de moi en considération de[5] ce que j'ai fait pour vous. — Je te l'ai déjà dit, repartit le génie, c'est justement pour cette raison que je suis obligé de t'ôter la vie. — Cela est étrange, répliqua le pêcheur, que vous vouliez absolument rendre le mal pour le bien. Le proverbe dit que qui fait du bien à celui qui ne le mérite pas en est toujours mal payé[6]. Je croyais, je l'avoue, que cela était faux : car, en effet, rien ne choque davantage la raison et les droits de la société ; néanmoins j'éprouve[7] cruellement que cela n'est que trop véritable. — Ne perdons pas de temps,

1. **Révoquez un serment :** brisez un serment, renoncez à une promesse.
2. **Il vous mettra à couvert :** il vous protégera.
3. **Dans la résolution :** dans la ferme intention.
4. **Il tâcha :** il tenta.
5. **En considération de :** en échange de, étant donné ce que.
6. **Mal payé :** mal récompensé.
7. **J'éprouve :** je constate.

interrompit le génie ; tous tes raisonnements ne sauraient me détourner de mon dessein[1]. Hâte-toi de dire comment tu souhaites que je te tue. »

La nécessité donne de l'esprit[2]. Le pêcheur s'avisa[3] d'un stratagème. « Puisque je ne saurais éviter la mort, dit-il au génie, je me soumets donc à la volonté de Dieu. Mais, avant que je choisisse un genre de mort, je vous conjure[4] par le grand nom de Dieu qui était gravé sur le sceau du prophète Salomon, fils de David, de me dire la vérité sur une question que j'ai à vous faire[5]. »

Quand le génie vit qu'on lui faisait une adjuration[6] qui le contraignait de répondre positivement, il trembla en lui-même, et dit au pêcheur : « Demande-moi ce que tu voudras, et hâte-toi… »

Le jour venant à paraître, Schéhérazade se tut en cet endroit de son discours. « Ma sœur, lui dit Dinarzade, il faut convenir que plus vous parlez, et plus vous faites de plaisir. J'espère que le sultan, notre seigneur, ne vous fera pas mourir qu'il n'ait entendu le reste du beau conte du pêcheur. — Le sultan est le maître, reprit Schéhérazade ; il faut vouloir tout ce qui lui plaira. » Le sultan, qui n'avait pas moins d'envie que Dinarzade d'entendre la fin de ce conte, différa encore la mort de la sultane.

1. **Dessein :** projet, plan, objectif.
2. **La nécessité donne de l'esprit :** sorte de proverbe signifiant que, pour se sauver de situations critiques, on utilise toutes ses capacités.
3. **S'avisa d'un stratagème :** prit conscience d'une ruse, inventa une ruse.
4. **Je vous conjure :** je vous supplie.
5. **Faire :** ici, poser.
6. **Adjuration :** demande au nom de Dieu.

XIe NUIT

Schahriar et la princesse son épouse passèrent cette nuit de la même manière que les précédentes, et, avant que le jour parût, Dinarzade les réveilla par ces paroles, qu'elle adressa à la sultane : « Si vous ne dormez pas, ma sœur, je vous prie de reprendre le conte du pêcheur. — Très volontiers, répondit Schéhérazade ; je vais vous satisfaire, avec la permission du sultan. »

Le génie, poursuivit-elle, ayant promis de dire la vérité, le pêcheur lui dit : « Je voudrais savoir si effectivement vous étiez dans ce vase ; oseriez-vous en jurer par le grand nom de Dieu ? — Oui, répondit le génie, je jure par ce grand nom que j'y étais, et cela est très véritable. — En bonne foi, répliqua le pêcheur, je ne puis vous croire. Ce vase ne pourrait pas seulement contenir un de vos pieds : comment se peut-il que votre corps y ait été renfermé tout entier ? — Je te jure pourtant, repartit le génie, que j'y étais tel que tu me vois. Est-ce que tu ne me crois pas, après le grand serment que j'ai fait ? — Non vraiment, dit le pêcheur, et je ne vous croirai point, à moins que vous ne me fassiez voir la chose. »

Alors il se fit une dissolution du corps du génie, qui, se changeant en fumée, s'étendit comme auparavant sur la mer et sur le rivage, et qui, se rassemblant ensuite, commença de rentrer dans le vase, et continua de même par une succession lente et égale, jusqu'à ce qu'il n'en restât plus rien au dehors. Aussitôt il en sortit une voix qui dit au pêcheur : « Hé bien, incrédule pêcheur, me voici dans le vase ; me crois-tu présentement[1] ? »

1. Présentement : maintenant.

Le pêcheur, au lieu de répondre au génie, prit le couvercle de plomb, et, ayant fermé promptement[1] le vase : « Génie, lui cria-t-il, demande-moi grâce à ton tour, et choisis de quelle mort tu veux que je te fasse mourir. Mais non, il vaut mieux que je te rejette à la mer, dans le même endroit d'où je t'ai tiré, puis je ferai bâtir une maison sur ce rivage, où je demeurerai, pour avertir tous les pêcheurs qui viendront y jeter leurs filets de bien prendre garde de repêcher un méchant génie comme toi, qui as fait serment de tuer celui qui te mettra en liberté. »

À ces paroles offensantes, le génie irrité fit tous ses efforts pour sortir du vase ; mais c'est ce qui ne lui fut pas possible, car l'empreinte du sceau du prophète Salomon, fils de David[2], l'en empêchait. Ainsi, voyant que le pêcheur avait alors l'avantage sur lui, il prit le parti de[3] dissimuler sa colère. « Pêcheur, lui dit-il d'un ton radouci, garde-toi bien de faire ce que tu dis. Ce que j'en ai fait n'a été que par plaisanterie, et tu ne dois pas prendre la chose sérieusement. — Ô génie ! répondit le pêcheur, toi qui étais, il n'y a qu'un moment, le plus grand, et qui es à l'heure qu'il est le plus petit de tous les génies, apprends que tes artificieux[4] discours ne te serviront de rien. Tu retourneras à la mer. Si tu y as demeuré tout le temps que tu m'as dit, tu pourras bien y demeurer jusqu'au jour du jugement[5]. Je t'ai prié, au nom de Dieu, de ne

1. **Promptement :** rapidement.
2. **David :** le roi David de la Bible, père du roi Salomon.
3. **Il prit le parti de :** il prit la décision de.
4. **Artificieux :** retors, rusés, trompeurs.
5. **Jugement :** le Jugement dernier.

me pas ôter la vie, tu as rejeté mes prières[1] ; je dois te rendre la pareille[2]. »

Le génie n'épargna rien[3] pour tâcher de toucher[4] le pêcheur. « Ouvre le vase, lui dit-il, donne-moi la liberté, je t'en supplie ; je te promets que tu seras content de moi. — Tu n'es qu'un traître, repartit le pêcheur. Je mériterais de perdre la vie si j'avais l'imprudence de me fier à toi. Tu ne manquerais pas de me traiter de la même façon qu'un certain roi grec traita le médecin Douban. C'est une histoire que je te veux raconter : écoute :

1. **Tu as rejeté mes prières :** tu as refusé d'entendre mes prières, tu y as répondu négativement.
2. **Te rendre la pareille :** te faire subir un traitement semblable.
3. **N'épargna rien :** essaya, utilisa tous les moyens.
4. **Toucher :** émouvoir.

EXAMEN MÉTHODIQUE

HISTOIRE DU PÊCHEUR

REPÈRES

1. Pourquoi Dinarzade semble-t-elle si pressée de voir Schéhérazade reprendre son récit ?
2. Que pensez-vous des propos de Schéhérazade : « Mais, Sire, [...] quelques beaux que soient les contes que j'ai racontés jusqu'ici à votre majesté, ils n'approchent pas de celui du pêcheur » ?
3. À quel grand texte le conte fait-il appel en évoquant Moïse et Salomon ? Que savez-vous de ces deux personnages ? Figurent-ils dans le Coran ?

OBSERVATIONS

4. Les premiers propos du génie provoquent un malentendu entre lui et le pêcheur. À quoi ce malentendu est-il dû ?
5. Qu'est-ce qu'un serment ?
6. Le pêcheur jetant ses filets dans la mer et le génie espérant être délivré de son vase au fond de la mer, sont, tous les deux, dans une position d'attente. Quelles sont les étapes de cette attente ?
7. Pourquoi le pêcheur évoque-t-il Moïse en adressant sa prière à Dieu ?
8. En quoi la fin de ce passage est-elle typique des *Mille et Une Nuits* ? Comment s'appelle ce procédé littéraire ?

INTERPRÉTATIONS

9. Que pensez-vous des trois premiers serments que fait le génie ? Vous semblent-ils logiques et vraisemblables ?
10. Comment expliquer le changement de son attitude dans le quatrième serment ?

Examen méthodique

11. Quelle valeur le serment prend-il dans l'attitude du génie, insensible aux prières du pêcheur ? Pourquoi le génie semble-t-il aussi attaché à son serment ?
12. Quelle autre force le pêcheur oppose-t-il à celle, surnaturelle, du génie ?
13. Connaissez-vous un autre conte où une créature de petite taille convainc un ogre de se transformer en souris pour pouvoir s'en débarrasser ? Lequel ?

De la lecture à l'écriture

14. Qu'auriez-vous fait à la place du pêcheur ? Racontez.
15. Comment imaginez-vous la suite de l'histoire ? Le pêcheur va-t-il se laisser convaincre ?
16. Doit-on répondre au mal par le mal ? Pourquoi ?

HISTOIRE DU ROI GREC ET DU MÉDECIN DOUBAN

« Il y avait au pays de Zouman[1], dans la Perse[2], un roi dont les sujets étaient Grecs[3] originairement. Ce roi était couvert de lèpre[4], et ses médecins, après avoir inutilement employé tous leurs remèdes pour le guérir, ne savaient plus que lui ordonner[5], lorsqu'un très habile[6] médecin, nommé Douban, arriva dans sa cour.

« Ce médecin avait puisé[7] sa science dans les livres grecs, persans, turcs, arabes, latins, syriaques[8] et hébreux ; et, outre qu'il était consommé dans[9] la philosophie, il connaissait parfaitement les bonnes et mauvaises qualités[10] de toutes sortes de plantes et de drogues[11]. Dès qu'il fut informé de la maladie du roi, et qu'il eut appris que ses médecins l'avaient abandonné, il s'habilla le plus proprement qu'il lui fut possible, et trouva moyen de se faire présenter au roi. « Sire, lui dit-il, je sais que tous les médecins dont Votre Majesté s'est servie n'ont pu la guérir de sa lèpre ; mais, si vous voulez bien me faire l'honneur

1. **Pays de Zouman :** ancienne région de l'empire perse.
2. **La Perse :** ancien nom de l'Iran.
3. **Grecs :** les princes séleucides, héritiers de l'empereur Alexandre, régnèrent sur la Perse, la Mésopotamie et la Syrie.
4. **Lèpre :** maladie de la peau.
5. **Ordonner :** prescrire un médicament.
6. **Habile :** talentueux et intelligent.
7. **Puisé :** appris.
8. **Syriaques :** le syriaque est une langue sémitique.
9. **Consommé dans :** parvenu à un degré élevé de perfection dans un domaine.
10. **Qualités :** capacités, pouvoirs.
11. **Drogues :** médicaments confectionnés par des médecins.

d'agréer[1] mes services, je m'engage à vous guérir sans breuvage[2] et sans topiques[3]. » Le roi écouta cette proposition. « Si vous êtes assez habile homme, répondit-il, pour faire ce que vous dites, je promets de vous enrichir, vous et votre postérité[4] ; et, sans compter les présents[5] que je vous ferai, vous serez mon plus cher favori[6]. Vous m'assurez donc que vous m'ôterez ma lèpre, sans me faire prendre aucune potion et sans m'appliquer aucun remède extérieur ? — Oui, Sire, repartit le médecin, je me flatte[7] d'y réussir, avec l'aide de Dieu ; et dès demain j'en ferai l'épreuve[8]. »

« En effet, le médecin Douban se retira chez lui, et fit un mail[9] qu'il creusa en dedans par le manche, où il mit la drogue dont il prétendait[10] se servir. Cela étant fait, il prépara aussi une boule de la manière qu'il la voulait, avec quoi il alla le lendemain se présenter devant le roi ; et, se prosternant à ses pieds, il baisa la terre… »

En cet endroit, Schéhérazade, remarquant qu'il était jour, en avertit Schahriar, et se tut. « En vérité, ma sœur, dit alors Dinarzade, je ne sais où vous allez prendre tant de belles choses. — Vous en entendrez bien d'autres demain, répondit Schéhérazade, si le

1. **Agréer** : accepter.
2. **Breuvage** : boisson d'une composition spéciale ou ayant une vertu particulière.
3. **Topiques** : médicaments à application locale : pommades, lotions…
4. **Postérité** : descendance.
5. **Les présents** : les cadeaux.
6. **Favori** : le compagnon préféré du roi.
7. **Je me flatte** : je suis persuadé de, je prétends.
8. **J'en ferai l'épreuve** : je le prouverai.
9. **Mail** : marteau servant à pousser une balle dans le jeu qui porte le même nom.
10. **Prétendait** : prévoyait de.

sultan, mon maître, a la bonté de me prolonger encore la vie. » Schahriar, qui ne désirait pas moins ardemment que Dinarzade d'entendre la suite de l'histoire du médecin Douban, n'eut garde de[1] faire mourir la sultane ce jour-là.

XIIe NUIT

La douzième nuit était déjà fort avancée lorsque Dinarzade, s'étant réveillée, s'écria : « Ma sœur, si vous ne dormez pas, je vous supplie de continuer l'agréable histoire du roi grec et du médecin Douban. — Je le veux bien », répondit Schéhérazade. En même temps elle reprit le fil de cette sorte :

Sire, le pêcheur, parlant toujours au génie qu'il tenait enfermé dans le vase, poursuivit ainsi :

« Le médecin Douban se leva, et, après avoir fait une profonde révérence, dit au roi qu'il jugeait à propos[2] que Sa Majesté montât à cheval et se rendît à la place pour jouer au mail. Le roi fit ce qu'on lui disait ; et, lorsqu'il fut dans le lieu destiné à jouer au mail à cheval, le médecin s'approcha de lui avec le mail qu'il avait préparé, et, le lui présentant : « Tenez, Sire, lui dit-il, exercez-vous avec ce mail, en poussant cette boule, par la place[3], jusqu'à ce que vous sentiez votre main et votre corps en sueur. Quand le remède que j'ai enfermé dans le manche de ce mail sera échauffé par votre main, il vous pénétrera par tout le corps, et, sitôt que vous suerez, vous n'aurez qu'à

1. **N'eut garde de :** évita soigneusement de.
2. **Il jugeait à propos :** il considérait comme bon, convenable, approprié.
3. **Par la place :** partout sur la place destinée au jeu.

quitter cet exercice, car le remède aura fait son effet. Dès que vous serez de retour en votre palais, vous entrerez au bain, où vous vous ferez bien laver et frotter ; vous vous coucherez ensuite, et en vous levant demain matin vous serez guéri. »

« Le roi prit le mail, et poussa son cheval après la boule qu'il avait jetée. Il la frappa : elle lui fut renvoyée par les officiers qui jouaient avec lui ; il la refrappa ; et enfin le jeu dura si longtemps que sa main en sua, aussi bien que tout son corps. Ainsi le remède enfermé dans le manche du mail opéra[1] comme le médecin l'avait dit. Alors le roi cessa de jouer, s'en retourna dans son palais, entra au bain, et observa très exactement ce qui lui avait été prescrit. Il s'en trouva fort bien : car le lendemain, en se levant, il s'aperçut avec autant d'étonnement que de joie que sa lèpre était guérie, et qu'il avait le corps aussi net que s'il n'eût jamais été attaqué de cette maladie. D'abord qu'il[2] fut habillé, il entra dans la salle d'audience publique[3], où il monta sur son trône, et se fit voir à tous ses courtisans[4], que l'empressement d'apprendre le succès du nouveau remède y avait fait aller de bonne heure. Quand ils virent le roi parfaitement guéri, ils en firent tous paraître[5] une extrême joie.

« Le médecin Douban entra dans la salle, et s'alla prosterner au pied du trône, la face contre terre. Le roi, l'ayant aperçu, l'appela, le fit asseoir à son côté,

1. **Opéra :** agit.
2. **D'abord qu'il :** aussitôt qu'il.
3. **Salle d'audience publique :** salle où le roi accueille le public, le peuple, pour écouter ses plaintes et ses requêtes.
4. **Courtisans :** ceux qui fréquentent la cour du roi.
5. **Ils firent tous paraître :** ils exprimèrent tous.

et le montra à l'assemblée, en lui donnant publiquement toutes les louanges[1] qu'il méritait. Ce prince n'en demeura pas là[2] : comme il régalait ce jour-là toute sa cour, il le fit manger à sa table seul avec lui... »

À ces mots, Schéhérazade, remarquant qu'il était jour, cessa de poursuivre son conte. « Ma sœur, dit Dinarzade, je ne sais quelle sera la fin de cette histoire, mais j'en trouve le commencement admirable. — Ce qui reste à raconter en est le meilleur, répondit la sultane ; et je suis assurée que vous n'en disconviendrez pas[3], si le sultan veut bien me permettre de l'achever la nuit prochaine. » Schahriar y consentit, et se leva fort satisfait de ce qu'il avait entendu.

XIIIe NUIT

Sur la fin de la nuit suivante, Dinarzade dit encore à la sultane : « Ma chère sœur, si vous ne dormez pas, je vous supplie de continuer l'histoire du roi grec et du médecin Douban. — Je vais contenter votre curiosité, ma sœur, répondit Schéhérazade, avec la permission du sultan, mon seigneur. » Alors elle reprit ainsi le conte :

« Le roi grec, poursuivit le pêcheur, ne se contenta pas de recevoir à sa table le médecin Douban : vers la fin du jour, lorsqu'il voulut congédier[4] l'assemblée, il

1. **Louanges** : compliments.
2. **N'en demeura pas là** : il fit plus encore.
3. **Vous n'en disconviendrez pas** : vous en serez d'accord.
4. **Congédier** : inviter quelqu'un à se retirer, à partir.

le fit revêtir d'une longue robe fort riche et semblable à celle que portaient ordinairement ses courtisans en sa présence ; outre cela, il lui fit donner deux mille sequins[1]. Le lendemain et les jours suivants, il ne cessa de le caresser[2]. Enfin, ce prince, croyant ne pouvoir jamais assez reconnaître les obligations[3] qu'il avait à un médecin si habile, répandait sur lui tous les jours de nouveaux bienfaits.

« Or, ce roi avait un grand vizir[4] qui était avare, envieux et naturellement capable de toutes sortes de crimes. Il n'avait pu voir sans peine les présents qui avaient été faits au médecin, dont le mérite d'ailleurs commençait à lui faire ombrage[5] ; il résolut de le perdre dans l'esprit du roi[6]. Pour y réussir, il alla trouver ce prince, et lui dit en particulier qu'il avait un avis de la dernière importance[7] à lui donner. Le roi lui ayant demandé ce que c'était : « Sire, lui dit-il, il est bien dangereux à un monarque[8] d'avoir de la confiance en un homme dont il n'a point éprouvé[9] la fidélité. En comblant de bienfaits le médecin Douban, en lui faisant toutes les caresses que Votre Majesté lui fait, vous ne savez pas que c'est un traître, qui ne s'est introduit dans cette cour que pour vous assassiner.

1. **Sequins :** le sequin est une ancienne monnaie de Venise qui avait cours en Italie et dans les pays arabes du Levant.
2. **Caresser :** complimenter et traiter avec affection et bienveillance.
3. **Obligations :** devoirs de reconnaissance, gratitudes, dettes morales.
4. **Grand vizir :** le premier ministre du roi dans l'empire ottoman.
5. **Lui faire ombrage :** lui faire craindre d'être éclipsé ; lui faire de l'ombre.
6. **Le perdre dans l'esprit du roi :** le priver de la bonne réputation dont il jouit auprès du roi.
7. **De la dernière importance :** d'une très grande importance.
8. **Monarque :** souverain, roi, prince.
9. **Éprouvé :** mis à l'épreuve, vérifié.

— De qui tenez-vous ce que vous m'osez dire ? répondit le roi. Songez-vous que c'est à moi que vous parlez, et que vous avancez une chose que je ne croirai pas légèrement ? — Sire, répliqua le vizir, je suis parfaitement instruit[1] de ce que j'ai l'honneur de vous représenter. Ne vous reposez donc plus sur une confiance dangereuse. Si Votre Majesté dort, qu'elle se réveille : car enfin, je le répète encore, le médecin Douban n'est parti du fond de la Grèce, son pays, il n'est venu s'établir dans votre cour, que pour exécuter l'horrible dessein dont j'ai parlé. — Non, non, vizir, interrompit le roi, je suis sûr que cet homme, que vous traitez de perfide et de traître, est le plus vertueux et le meilleur de tous les hommes ; il n'y a personne au monde que j'aime autant que lui. Vous savez par quel remède, ou plutôt par quel miracle il m'a guéri de ma lèpre ; s'il en veut à ma vie, pourquoi me l'a-t-il sauvée ? Il n'avait qu'à m'abandonner à mon mal ; je n'en pouvais échapper ; ma vie était déjà à moitié consumée[2]. Cessez donc de vouloir m'inspirer d'injustes soupçons : au lieu de les écouter, je vous avertis que dès ce jour je fais à ce grand homme, pour toute sa vie, une pension de mille sequins par mois. Quand je partagerais[3] avec lui toutes mes richesses et mes États même, je ne le payerais pas assez de ce qu'il a fait pour moi. Je vois ce que c'est, sa vertu[4] excite votre envie ; mais ne croyez pas que je me laisse injustement prévenir

1. **Instruit :** informé, au courant.
2. **Consumée :** passée, écoulée, révolue.
3. **Quand je partagerais :** même si je partageais.
4. **Vertu :** qualité humaine, disposition morale qui pousse à faire le bien.

contre lui[1] : je me souviens trop bien de ce qu'un vizir dit au roi Sindbad, son maître, pour l'empêcher de faire mourir le prince son fils… »

« Mais, Sire, ajouta Schéhérazade, le jour qui paraît me défend de poursuivre. — Je sais bon gré[2] au roi grec, dit Dinarzade, d'avoir eu la fermeté de rejeter la fausse accusation de son vizir. — Si vous louez aujourd'hui la fermeté de ce prince, interrompit Schéhérazade, vous condamnerez demain sa faiblesse, si le sultan veut bien que j'achève de raconter cette histoire. » Le sultan, curieux d'apprendre en quoi le roi grec avait eu de la faiblesse, différa encore la mort de la sultane.

XIVe NUIT

« Ma sœur, s'écria Dinarzade sur la fin de la quatorzième nuit, si vous ne dormez pas, je vous supplie, en attendant le jour qui paraîtra bientôt, de reprendre l'histoire du pêcheur ; vous en êtes demeurée à l'endroit où le roi grec soutient l'innocence du médecin Douban, et prend si fortement son parti. — Je m'en souviens, répondit Schéhérazade ; vous en allez entendre la suite. »

Sire, continua-t-elle en adressant toujours la parole à Schahriar, ce que le roi grec venait de dire touchant le roi Sindbad piqua la curiosité du vizir, qui lui dit : « Sire, je supplie Votre Majesté de me pardonner si j'ai la hardiesse de lui demander ce que le vizir du roi

1. **Je me laisse prévenir contre lui :** je me laisse influencer défavorablement à son égard.
2. **Je sais bon gré :** je suis reconnaissante envers le roi.

Sindbad dit à son maître pour le détourner de faire mourir le prince son fils. » Le roi grec eut la complaisance[1] de le satisfaire. « Ce vizir, lui répondit-il, après avoir représenté[2] au roi Sindbad que, sur l'accusation d'une belle-mère, il devait craindre de faire une action dont il pût se repentir[3], lui conta cette histoire :

1. **Complaisance :** amabilité, gentillesse.
2. **Représenté :** expliqué.
3. **Se repentir :** regretter, se reprocher.

EXAMEN MÉTHODIQUE

HISTOIRE DU MÉDECIN DOUBAN

REPÈRES

1. De quelle maladie le roi est-il atteint ? Quels en sont les symptômes ? Existe-t-elle encore aujourd'hui ?
2. Quelles sont les principales qualités du médecin Douban ? Que signifie le mot « habile » ici ?
3. En quoi consiste le jeu de mail ?
4. Pourquoi le pêcheur raconte-t-il cette histoire au génie ?
5. Quelle en est la moralité ?

OBSERVATIONS

6. Le médecin Douban a des connaissances dans plusieurs domaines. Lesquels ? Cela vous semble-t-il étonnant ?
7. Le conte évoque plusieurs noms de peuples. Pourquoi ont-ils leur place ici ?
8. Comment ces sciences mentionnées dans le texte sont-elles parvenues jusqu' à Bagdad, pays des *Mille et Une Nuits* ?

INTERPRÉTATIONS

9. À votre avis, l'histoire du médecin Douban peut-elle convaincre le génie ?
10. De quoi le ministre se rend-il coupable vis-à-vis du médecin Douban ?
11. Que pensez-vous de l'attitude du roi ici ?

DE LA LECTURE À L'ÉCRITURE

12. Imaginez-vous à la place du roi. Répondez par lettre au ministre qui vous incite à tuer le médecin qui vous a guéri.
13. Le médecin Douban, condamné à mort par le roi, lui écrit une dernière lettre. Pouvez-vous lui prêter votre plume ?

Histoire du mari et du perroquet

« Un bon homme avait une belle femme qu'il aimait avec tant de passion qu'il ne la perdait de vue que le moins qu'il pouvait. Un jour que des affaires pressantes l'obligeaient à s'éloigner d'elle, il alla dans un endroit où l'on vendait toutes sortes d'oiseaux ; il y acheta un perroquet, qui non seulement parlait bien, mais qui avait même le don de rendre compte de tout ce qui avait été fait devant lui. Il l'apporta dans une cage au logis, pria sa femme de le mettre dans sa chambre, et d'en prendre soin pendant le voyage qu'il allait faire ; après quoi il partit.

« À son retour, il ne manqua pas d'interroger le perroquet sur ce qui s'était passé durant son absence ; et là-dessus l'oiseau lui apprit des choses qui lui donnèrent lieu[1] de faire de grands reproches à sa femme. Elle crut que quelqu'une de ses esclaves l'avait trahie ; mais elles lui jurèrent toutes qu'elles lui avaient été fidèles, et elles convinrent[2] qu'il fallait que ce fût le perroquet qui eût fait ces mauvais rapports.

« Prévenue de cette opinion[3], la femme chercha dans son esprit un moyen de détruire les soupçons de son mari, et de se venger en même temps du perroquet. Elle le trouva : son mari étant parti pour faire un voyage d'une journée, elle commanda à une esclave de tourner pendant la nuit, sous la cage de l'oiseau, un moulin à bras[4] ; à une autre, de jeter de

1. **Lui donnèrent lieu :** lui donnèrent l'occasion, lui permirent.
2. **Elles convinrent :** elles décidèrent ensemble, elles tombèrent d'accord sur.
3. **Prévenue de cette opinion :** d'accord avec cette opinion.
4. **Un moulin à bras :** appareil ménager très bruyant servant à écraser ou à moudre des aliments.

l'eau en forme de pluie par le haut de la cage ; et à une troisième, de prendre un miroir et de le tourner devant les yeux du perroquet, à droite et à gauche, à la clarté d'une chandelle[1]. Les esclaves employèrent une grande partie de la nuit à faire ce que leur avait ordonné leur maîtresse, et elles s'en acquittèrent[2] fort adroitement.

« Le lendemain, le mari, étant de retour, fit encore des questions au perroquet sur ce qui s'était passé chez lui, et l'oiseau lui répondit : « Mon bon maître, les éclairs, le tonnerre et la pluie m'ont tellement incommodé[3] toute la nuit que je ne puis vous dire ce que j'en ai souffert. » Le mari, qui savait bien qu'il n'avait ni plu ni tonné cette nuit-là, demeura persuadé que le perroquet, ne disant pas la vérité en cela, ne la lui avait pas dite aussi au sujet de sa femme. C'est pourquoi, de dépit, l'ayant tiré de sa cage, il le jeta si rudement contre terre qu'il le tua. Néanmoins, dans la suite, il apprit de ses voisins que le pauvre perroquet ne lui avait pas menti en lui parlant de la conduite de sa femme ; ce qui fut cause qu'il se repentit de l'avoir tué... »

Là s'arrêta Schéhérazade, parce qu'elle s'aperçut qu'il était jour. « Tout ce que vous nous racontez, ma sœur, dit Dinarzade, est si varié que rien ne me paraît plus agréable. — Je voudrais continuer de vous divertir, répondit Schéhérazade ; mais je ne sais si le sultan, mon maître, m'en donnera le temps. » Schahriar, qui ne prenait pas moins de plaisir que Dinarzade à

1. **Chandelle :** bougie, flambeau.
2. **Elles s'en acquittèrent :** elles exécutèrent l'ordre.
3. **Incommodé :** fatigué, dérangé.

entendre la sultane, se leva, et passa la journée sans ordonner au vizir de la faire mourir.

XVe NUIT

Dinarzade ne fut pas moins exacte cette nuit que les précédentes à réveiller Schéhérazade. « Ma chère sœur, lui dit-elle, si vous ne dormez pas, je vous supplie, en attendant le jour qui paraîtra bientôt, de me conter un de ces beaux contes que vous savez. — Ma sœur, répondit la sultane, je vais vous donner cette satisfaction. — Attendez, interrompit le sultan, achevez l'entretien du roi grec avec son vizir au sujet du médecin Douban, et puis vous continuerez l'histoire du pêcheur et du génie. — Sire, repartit Schéhérazade, vous allez être obéi. » En même temps elle poursuivit de cette manière :

« Quand le roi grec, dit le pêcheur au génie, eut achevé l'histoire du perroquet : « Et vous, vizir, ajouta-t-il, par l'envie que vous avez conçue[1] contre le médecin Douban, qui ne vous a fait aucun mal, vous voulez que je le fasse mourir ; mais je m'en garderai bien, de peur de m'en repentir, comme ce mari d'avoir tué son perroquet. » Le pernicieux[2] vizir était trop intéressé à la perte du médecin Douban pour en demeurer là[3]. « Sire, répliqua-t-il, la mort du perroquet était peu importante, et je ne crois pas que son maître l'ait regretté longtemps. Mais pourquoi faut-il que la crainte d'opprimer l'innocence vous

1. **L'envie que vous avez conçue :** l'envie que vous ressentez.
2. **Pernicieux :** mauvais, dangereux, malfaisant.
3. **Pour en demeurer là :** pour en rester là, pour y renoncer.

empêche de faire mourir ce médecin ? Ne suffit-il pas qu'on l'accuse de vouloir attenter à votre vie pour vous autoriser à lui faire perdre la sienne ? Quand il s'agit d'assurer les jours d'un roi, un simple soupçon doit passer pour une certitude, et il vaut mieux sacrifier l'innocent que sauver le coupable. Mais, Sire, ce n'est point ici une chose incertaine : le médecin Douban veut vous assassiner. Ce n'est point l'envie qui m'arme contre lui, c'est l'intérêt seul que je prends à la conservation de Votre Majesté ; c'est mon zèle[1] qui me porte à vous donner un avis d'une si grande importance. S'il est faux, je mérite qu'on me punisse de la même manière qu'on punit autrefois un vizir. — Qu'avait fait ce vizir, dit le roi grec, pour être digne de ce châtiment[2] ? — Je vais l'apprendre à Votre Majesté, Sire, répondit le vizir ; qu'elle ait, s'il lui plaît, la bonté de m'écouter.

1. **Zèle** : empressement, dévouement.
2. **Être digne de ce châtiment** : mériter ce châtiment.

Examen méthodique

Histoire du mari et du perroquet

Repères

1. En quoi ce conte ressemble-t-il à l'« Histoire du médecin Douban » ?
Citez les points communs et les différences.
2. Peut-on tirer la même leçon de ces deux histoires ?
3. Comparez la façon dont sont punis le roi grec et le mari.
4. Pourquoi le roi raconte-t-il cette histoire au ministre ?
5. Quel est le stratagème adopté par l'épouse et ses servantes ?

Observations

6. Qui est le narrateur de l'« Histoire du mari et du perroquet » ?
7. Le rôle tenu par le perroquet vous semble-t-il vraisemblable ?
8. Connaissez-vous d'autres récits où un animal se dévoue pour son maître ?
9. Que pensez-vous de la réaction du mari ?

Interprétations

10. Pourquoi le roi préfère-t-il raconter une histoire plutôt que de convaincre par des arguments ?
11. Que pensez-vous des relations entre le mari et sa femme ?
12. Que pensez-vous des arguments du vizir (l. 80-87) ?

De la lecture à l'écriture

13. Citez d'autres personnages de mari ou d'amant jaloux, dans les *Mille et Une Nuits* et dans d'autres œuvres que vous connaissez. Comment l'histoire se termine-t-elle pour eux ?
14. La femme raconte l'histoire du perroquet à une amie. Inventez le dialogue.

HISTOIRE DU VIZIR PUNI

« Il était autrefois un roi, poursuivit-il, qui avait un fils qui aimait passionnément la chasse. Il lui permettait de prendre souvent ce divertissement ; mais il avait donné ordre à son grand vizir de l'accompagner toujours et de ne le perdre jamais de vue. Un jour de chasse, les piqueurs[1] ayant lancé un cerf[2], le prince, qui crut que le vizir le suivait, se mit après[3] la bête. Il courut si longtemps, et son ardeur[4] l'emporta si loin, qu'il se trouva seul. Il s'arrêta, et, remarquant qu'il avait perdu la voie[5], il voulut retourner sur ses pas pour aller rejoindre le vizir, qui n'avait pas été assez diligent[6] pour le suivre de près ; mais il s'égara. Pendant qu'il courait de tous côtés sans tenir de route assurée[7], il rencontra au bord d'un chemin une dame assez bien faite, qui pleurait amèrement. Il retint la bride de son cheval, demanda à cette femme qui elle était, ce qu'elle faisait seule en cet endroit, et si elle avait besoin de secours. « Je suis, lui répondit-elle, la fille d'un roi des Indes. En me promenant à cheval dans la campagne, je me suis endormie, et je suis tombée. Mon cheval s'est échappé, et je ne sais ce qu'il est devenu. » Le jeune prince eut pitié d'elle, et lui proposa de la prendre en croupe[8], ce qu'elle accepta.

1. **Piqueurs :** valets de chiens qui poursuivent la bête à cheval.
2. **Ayant lancé un cerf :** ayant fait sortir le cerf de l'endroit où il était.
3. **Se mit après :** se mit à courir après.
4. **Ardeur :** enthousiasme.
5. **Il avait perdu la voie :** il s'était égaré.
6. **Diligent :** attentif, appliqué.
7. **Sans tenir de route assurée :** sans reconnaître aucun chemin.
8. **La prendre en croupe :** la faire monter derrière lui à cheval.

« Comme ils passaient près d'une masure[1], la dame ayant témoigné qu'elle serait bien aise de mettre pied à terre pour quelque nécessité[2], le prince s'arrêta et la laissa descendre. Il descendit aussi, et s'approcha de la masure en tenant son cheval par la bride. Jugez[3] quelle fut sa surprise lorsqu'il entendit la dame en dedans prononcer ces paroles : « Réjouissez-vous, mes enfants, je vous amène un garçon bien fait et fort gras » ; et d'autres voix qui lui répondirent aussitôt : « Maman, où est-il, que nous le mangions tout à l'heure[4], car nous avons bon appétit. »

« Le prince n'eut pas besoin d'en entendre davantage pour concevoir le danger où il se trouvait. Il vit bien que la dame qui se disait fille d'un roi des Indes était une ogresse, femme de ces démons sauvages, appelés ogres, qui se retirent dans des lieux abandonnés, et se servent de mille ruses pour surprendre et dévorer les passants. Il fut saisi de frayeur, et se jeta au plus vite sur son cheval. La prétendue princesse parut dans le moment ; et, voyant qu'elle avait manqué son coup : « Ne craignez rien, cria-t-elle au prince. Qui êtes-vous ? que cherchez-vous ? — Je suis égaré, répondit-il, et je cherche mon chemin. — Si vous êtes égaré, dit-elle, recommandez-vous à Dieu, il vous délivrera de l'embarras où vous vous trouvez. » Alors le prince leva les yeux au ciel… »

« Mais, Sire, dit Schéhérazade en cet endroit, je suis obligée d'interrompre mon discours ; le jour qui

1. **Masure :** maison misérable.
2. **Nécessité :** besoin.
3. **Jugez :** imaginez.
4. **Tout à l'heure :** au XVIIIe siècle, signifie « tout de suite ».

paraît m'impose silence. — Je suis fort en peine, ma sœur, dit Dinarzade, de savoir ce que deviendra ce jeune prince ; je tremble pour lui.

— Je vous tirerai demain d'inquiétude, répondit la sultane, si le sultan veut bien que je vive jusqu'à ce temps-là. » Schahriar, curieux d'apprendre le dénouement de cette histoire, prolongea encore la vie de Schéhérazade.

XVIe NUIT

Dinarzade avait tant d'envie d'entendre la fin de l'histoire du jeune prince qu'elle se réveilla cette nuit plus tôt qu'à l'ordinaire. « Ma sœur, dit-elle, si vous ne dormez pas, je vous prie d'achever l'histoire que vous commençâtes hier ; je m'intéresse au sort du jeune prince, et je meurs de peur qu'il ne soit mangé de l'ogresse et de ses enfants. » Schahriar ayant marqué qu'il était dans la même crainte : « Hé bien, Sire, dit la sultane, je vais vous tirer de peine. »

« Après que la fausse princesse des Indes eut dit au jeune prince de se recommander à Dieu, comme il crut qu'elle ne lui parlait pas sincèrement, et qu'elle comptait sur lui comme s'il eût déjà été sa proie, il leva les mains au ciel, et dit : « Seigneur, qui êtes tout-puissant, jetez les yeux sur moi, et me délivrez[1] de cette ennemie. À cette prière, la femme de l'ogre rentra dans la masure, et le prince s'en éloigna avec précipitation. Heureusement il retrouva son chemin, et arriva sain et sauf auprès du roi son père, auquel il

1. **Me délivrez** : délivrez-moi.

raconta de point en point[1] le danger qu'il venait de courir par la faute du grand vizir. Le roi, irrité contre ce ministre, le fit étrangler à l'heure même.

« Sire, poursuivit le vizir du roi grec, pour revenir au médecin Douban, si vous n'y prenez garde, la confiance que vous avez en lui vous sera funeste : je sais de bonne part[2] que c'est un espion envoyé par vos ennemis pour attenter à la vie de[3] Votre Majesté. Il vous a guéri, dites-vous ; eh ! qui peut vous en assurer ? Il ne vous a peut-être guéri qu'en apparence et non radicalement. Que sait-on si ce remède, avec le temps, ne produira pas un effet pernicieux ? »

« Le roi grec, qui avait naturellement fort peu d'esprit, n'eut pas assez de pénétration[4] pour s'apercevoir de la méchante intention de son vizir, ni assez de fermeté pour persister dans son premier sentiment. Ce discours l'ébranla[5]. « Vizir, dit-il, tu as raison ; il peut être venu exprès pour m'ôter la vie ; ce qu'il peut fort bien exécuter par la seule odeur de quelqu'une de ses drogues. Il faut voir ce qu'il est à propos[6] de faire dans cette conjoncture[7]. »

« Quand le vizir vit le roi dans la disposition[8] où il le voulait : « Sire, lui dit-il, le moyen le plus sûr et le plus prompt pour assurer votre repos et mettre votre vie en sûreté, c'est d'envoyer chercher tout à l'heure[9]

1. **De point en point :** dans le détail, méticuleusement.
2. **De bonne part :** de source sûre.
3. **Attenter à la vie de :** porter atteinte à la vie de.
4. **Pénétration :** intelligence et discernement.
5. **Ce discours l'ébranla :** ce discours le secoua, l'émut.
6. **À propos :** justifié.
7. **Cette conjoncture :** cette situation.
8. **Disposition :** humeur, état d'esprit.
9. **Tout à l'heure :** tout de suite.

le médecin Douban, et de lui faire couper la tête d'abord qu'il[1] sera arrivé. — Véritablement, reprit le roi, je crois que c'est par là que je dois prévenir son dessein[2]. » En achevant ces paroles, il appela un de ses officiers, et lui ordonna d'aller chercher le médecin, qui, sans savoir ce que le roi lui voulait, courut au palais en diligence[3]. « Sais-tu bien, dit le roi en le voyant, pourquoi je te mande[4] ici ? — Non, Sire, répondit-il, et j'attends que Votre Majesté daigne[5] m'en instruire. — Je t'ai fait venir, reprit le roi, pour me délivrer de toi en te faisant ôter la vie. »

« Il n'est pas possible d'exprimer quel fut l'étonnement du médecin lorsqu'il entendit prononcer l'arrêt de sa mort. « Sire, dit-il, quel sujet peut avoir Votre Majesté de me faire mourir ? Quel crime ai-je commis ? — J'ai appris de bonne part, répliqua le roi, que tu es un espion, et que tu n'es venu dans ma cour que pour attenter à ma vie ; mais, pour te prévenir, je veux te ravir la tienne. Frappe, ajouta-t-il au bourreau qui était présent, et me délivre[6] d'un perfide[7] qui ne s'est introduit ici que pour m'assassiner. »

« À cet ordre cruel, le médecin jugea bien que les honneurs et les bienfaits qu'il avait reçus lui avaient suscité des ennemis, et que le faible roi s'était laissé surprendre à leurs impostures[8]. Il se repentait de

1. **D'abord qu'il :** aussitôt qu'il.
2. **Prévenir son dessein :** devancer son action pour l'éviter.
3. **En diligence :** avec empressement.
4. **Je te mande :** je t'ordonne de venir.
5. **Daigne :** accepte.
6. **Me délivre :** délivre-moi.
7. **Perfide :** déloyal, fourbe, traître.
8. **Se laisser surprendre à leurs impostures :** se laisser prendre par leurs mensonges.

l'avoir guéri de sa lèpre ; mais c'était un repentir hors de saison[1]. « Est-ce ainsi, lui disait-il, que vous me récompensez du bien que je vous ai fait ? » Le roi ne l'écouta pas, et ordonna une seconde fois au bourreau de porter le coup mortel. Le médecin eut recours aux prières. « Hélas ! Sire, s'écria-t-il, prolongez-moi la vie, Dieu prolongera la vôtre ; ne me faites pas mourir, de crainte que Dieu ne vous traite de la même manière. »

Le pêcheur interrompit son discours en cet endroit pour adresser la parole au génie : « Hé bien ! génie, lui dit-il, tu vois que ce qui se passa alors entre le roi grec et le médecin Douban vient tout à l'heure de se passer entre nous deux.

« Le roi grec, continua-t-il, au lieu d'avoir égard à la prière[2] que le médecin venait de lui faire en le conjurant au nom de Dieu, lui repartit[3] avec dureté : « Non, non, c'est une nécessité absolue que je te fasse périr. Aussi bien pourrais-tu m'ôter la vie plus subtilement[4] encore que tu ne m'as guéri. » Cependant le médecin, fondant en pleurs et se plaignant pitoyablement de se voir si mal payé du service qu'il avait rendu au roi, se prépara à recevoir le coup de la mort. Le bourreau lui banda les yeux, lui lia les mains, et se mit en devoir de tirer son sabre.

« Alors les courtisans qui étaient présents, émus de compassion[5], supplièrent le roi de lui faire grâce, assurant qu'il n'était pas coupable et répondant

1. **Un repentir hors de saison :** un repentir qui arrive trop tard.
2. **Avoir égard à la prière :** tenir compte de la prière.
3. **Lui repartit :** lui répondit.
4. **Subtilement :** habilement et imperceptiblement.
5. **Compassion :** pitié.

de[1] son innocence. Mais le roi fut inflexible[2], et leur parla de sorte qu'ils n'osèrent lui répliquer.

« Le médecin, étant à genoux, les yeux bandés, et prêt à recevoir le coup qui devait terminer son sort, s'adressa encore une fois au roi : « Sire, lui dit-il, puisque Votre Majesté ne veut point révoquer l'arrêt de ma mort[3], je la supplie du moins de m'accorder la liberté d'aller jusque chez moi donner ordre à ma sépulture[4], dire le dernier adieu à ma famille, faire des aumônes, et léguer mes livres à des personnes capables d'en faire un bon usage. J'en ai un, entre autres, dont je veux faire présent à Votre Majesté : c'est un livre fort précieux et très digne d'être soigneusement gardé dans votre trésor. — Et pourquoi ce livre est-il aussi précieux que tu le dis ? répliqua le roi. — Sire, repartit le médecin, c'est qu'il contient une infinité de choses curieuses, dont la principale est que, quand on m'aura coupé la tête, si Votre Majesté veut bien se donner la peine d'ouvrir le livre au sixième feuillet et lire la troisième ligne de la page à main gauche, ma tête répondra à toutes les questions que vous voudrez lui faire. » Le roi, curieux de voir une chose si merveilleuse, remit sa mort au lendemain, et l'envoya chez lui sous bonne garde.

« Le médecin, pendant ce temps-là, mit ordre à ses affaires ; et, comme le bruit s'était répandu qu'il devait arriver un prodige inouï[5] après son trépas[6], les

1. **Répondant de :** se portant garant de.
2. **Inflexible :** impitoyable, inébranlable.
3. **Révoquer l'arrêt de ma mort :** annuler la décision de me tuer.
4. **Donner ordre à ma sépulture :** organiser les cérémonies de mon enterrement.
5. **Prodige inouï :** événement extraordinaire et sans précédent.
6. **Son trépas :** sa mort.

vizirs[1], les émirs[2], les officiers de la garde[3], enfin toute la cour se rendit le jour suivant dans la salle d'audience pour en être témoin.

« On vit bientôt paraître le médecin Douban, qui s'avança jusqu'au pied du trône royal avec un gros livre à la main. Là, il se fit apporter un bassin[4], sur lequel il étendit la couverture dont le livre était enveloppé ; et, présentant le livre au roi : « Sire, dit-il, prenez, s'il vous plaît, ce livre ; et, d'abord que ma tête sera coupée, commandez qu'on la pose dans le bassin sur la couverture du livre ; dès qu'elle y sera, le sang cessera d'en couler : alors vous ouvrirez le livre, et ma tête répondra à toutes vos demandes. Mais, Sire, ajouta-t-il, permettez-moi d'implorer encore une fois la clémence de Votre Majesté. Au nom de Dieu, laissez-vous fléchir[5] ; je vous proteste que[6] je suis innocent. — Tes prières, répondit le roi, sont inutiles ; et, quand ce ne serait que pour entendre parler ta tête après ta mort, je veux que tu meures. » En disant cela, il prit le livre des mains du médecin, et ordonna au bourreau de faire son devoir.

« La tête fut coupée si adroitement qu'elle tomba dans le bassin ; et elle fut à peine posée sur la couverture que le sang s'arrêta. Alors, au grand étonnement du roi et de tous les spectateurs, elle ouvrit les yeux ; et, prenant la parole : « Sire, dit-elle, que Votre Majesté ouvre le livre. » Le roi l'ouvrit ; et,

1. **Vizirs :** ministres.
2. **Émirs :** princes.
3. **Officiers de la garde :** auxiliaires chargés de servir le roi.
4. **Un bassin :** une bassine.
5. **Laissez-vous fléchir :** laissez-vous attendrir, toucher, adoucir, convaincre.
6. **Je vous proteste que :** je vous assure et vous affirme que.

trouvant que le premier feuillet était comme collé contre le second, pour le tourner avec plus de facilité, il porta le doigt à sa bouche et le mouilla de sa salive. Il fit la même chose jusqu'au sixième feuillet, et, ne voyant pas d'écriture à la page indiquée : « Médecin, dit-il à la tête, il n'y a rien d'écrit. — Tournez encore quelques feuillets », repartit la tête. Le roi continua d'en tourner, en portant toujours le doigt à sa bouche, jusqu'à ce que, le poison dont chaque feuillet était imbu[1] venant à faire son effet, ce prince se sentit tout à coup agité d'un transport[2] extraordinaire ; sa vue se troubla, et il se laissa tomber au pied de son trône avec de grandes convulsions… »

À ces mots, Schéhérazade, apercevant le jour, en avertit le sultan, et cessa de parler. « Ah ! ma chère sœur ! dit alors Dinarzade, que je suis fâchée que vous n'ayez pas le temps d'achever cette histoire ! Je serais inconsolable si vous perdiez la vie aujourd'hui. — Ma sœur, répondit la sultane, il en sera ce qu'il plaira au sultan ; mais il faut espérer qu'il aura la bonté de suspendre ma mort jusqu'à demain. » Effectivement, Schahriar, loin d'ordonner son trépas ce jour-là, attendit la nuit prochaine avec impatience, tant il avait d'envie d'apprendre la fin de l'histoire du roi grec, et la suite de celle du pêcheur et du génie.

XVIIe NUIT

Quelque curiosité qu'eût Dinarzade d'entendre le reste de l'histoire du roi grec, elle ne se réveilla pas

1. **Imbu :** imbibé.
2. **Transport :** mouvement, agitation, convulsion.

cette nuit de si bonne heure qu'à l'ordinaire ; il était même presque jour, lorsqu'elle dit à la sultane : « Ma chère sœur, je vous prie de continuer la merveilleuse histoire du roi grec ; mais hâtez-vous, de grâce, car le jour paraîtra bientôt. »

Schéhérazade reprit aussitôt cette histoire à l'endroit où elle l'avait laissée le jour précédent.

Sire, dit-elle, quand le médecin Douban, ou, pour mieux dire, sa tête, vit que le poison faisait son effet et que le roi n'avait plus que quelques moments à vivre : « Tyran[1], s'écria-t-elle, voilà de quelle manière sont traités les princes qui, abusant de leur autorité, font périr les innocents. Dieu punit tôt ou tard leurs injustices et leurs cruautés. » La tête eut à peine achevé ces paroles que le roi tomba mort et qu'elle perdit elle-même aussi le peu de vie qui lui restait.

Sire, poursuivit Schéhérazade, telle fut la fin du roi grec et du médecin Douban. Il faut présentement venir à l'histoire du pêcheur et du génie ; mais ce n'est pas la peine de commencer, car il est jour. » Le sultan, de qui toutes les heures étaient réglées, ne pouvant l'écouter plus longtemps, se leva ; et, comme il voulait absolument entendre la suite de l'histoire du génie et du pêcheur, il avertit la sultane de se préparer à la lui raconter la nuit suivante.

XVIIIe NUIT

Dinarzade se dédommagea cette nuit de la précédente ; elle se réveilla longtemps avant le jour,

1. Tyran : despote, oppresseur.

et, appelant Schéhérazade : « Ma sœur, lui dit-elle, si vous ne dormez pas, je vous supplie de nous raconter la suite de l'histoire du pêcheur et du génie. Vous savez que le sultan souhaite autant que moi de l'entendre. — Je vais, répondit la sultane, contenter sa curiosité et la vôtre. » Alors, s'adressant à Schahriar :

Sire, poursuivit-elle, sitôt que le pêcheur eut fini l'histoire du roi grec et du médecin Douban, il en fit l'application[1] au génie qu'il tenait toujours enfermé dans le vase.

« Si le roi grec, lui dit-il, eût voulu laisser vivre le médecin, Dieu l'aurait aussi laissé vivre lui-même ; mais il rejeta ses plus humbles prières, et Dieu l'en punit. Il en est de même de toi, ô génie ! Si j'avais pu te fléchir et obtenir de toi la grâce que je te demandais, j'aurais présentement pitié de l'état où tu es ; mais, puisque, malgré l'extrême obligation que tu m'avais[2] de t'avoir mis en liberté, tu as persisté dans la volonté de me tuer, je dois, à mon tour, être impitoyable. Je vais, en te laissant dans ce vase et en te rejetant à la mer, t'ôter l'usage de la vie jusqu'à la fin des temps : c'est la vengeance que je prétends tirer de toi.

— Pêcheur mon ami, répondit le génie, je te conjure encore une fois de ne pas faire une si cruelle action. Songe qu'il n'est pas honnête de se venger, et qu'au contraire il est louable[3] de rendre le bien pour le mal[4] ;

1. **Il en fit l'application** : il la transposa, il la mit en pratique sur.
2. **Malgré l'extrême obligation que tu m'avais** : malgré la gratitude que tu avais envers moi.
3. **Louable** : digne d'être loué, admirable.
4. **Rendre le bien pour le mal** : répondre au mal par le bien.

ne me traite pas comme Imma traita autrefois Ateca[1]. — Et que fit Imma à Ateca ? répliqua le pêcheur. — Oh ! si tu souhaites de le savoir, repartit le génie, ouvre-moi ce vase : crois-tu que je sois en humeur de faire des contes dans une prison si étroite ? Je t'en ferai tant que tu voudras quand tu m'auras tiré d'ici. — Non, dit le pêcheur, je ne te délivrerai pas ; c'est trop raisonner, je vais te précipiter au fond de la mer. — Encore un mot, pêcheur, s'écria le génie ; je te promets de ne te faire aucun mal ; bien éloigné de cela, je t'enseignerai un moyen de devenir puissamment riche. »

L'espérance de se tirer de la pauvreté désarma[2] le pêcheur. « Je pourrais t'écouter, dit-il, s'il y avait quelque fond à faire sur ta parole[3] : jure-moi par le grand nom de Dieu que tu feras de bonne foi ce que tu dis, et je vais t'ouvrir le vase. Je ne crois pas que tu sois assez hardi pour violer un pareil serment. » Le génie le fit, et le pêcheur ôta aussitôt le couvercle du vase. Il en sortit à l'instant de la fumée ; et, le génie ayant repris sa forme de la même manière qu'auparavant, la première chose qu'il fit fut de jeter, d'un coup de pied, le vase dans la mer. Cette action effraya le pêcheur. « Génie, dit-il, qu'est-ce que cela signifie ? Ne voulez-vous pas garder le serment que vous venez de faire ? et dois-je vous dire ce que le médecin Douban disait au roi grec : « Laissez-moi vivre, et Dieu prolongera vos jours. »

1. **Imma [...] Ateca :** personnages de la tradition musulmane ; Atika bint Nafil, épouse exemplaire, fut contrainte à divorcer.
2. **Désarma :** enleva les réticences, découragea.
3. **S'il y avait quelque fond à faire sur ta parole :** si l'on pouvait faire confiance à ta parole.

La crainte du pêcheur fit rire le génie, qui lui répondit : « Non, pêcheur, rassure-toi ; je n'ai jeté le vase que pour me divertir et voir si tu en serais alarmé, et, pour te persuader que je te veux tenir parole, prends tes filets et me suis[1]. » En prononçant ces mots, il se mit à marcher devant le pêcheur, qui, chargé de ses filets, le suivit avec quelque sorte de défiance[2]. Ils passèrent devant la ville, et montèrent au haut d'une montagne d'où ils descendirent dans une vaste plaine qui les conduisit à un grand étang situé entre quatre collines.

Lorsqu'ils furent arrivés au bord de l'étang, le génie dit au pêcheur : « Jette tes filets, et prends du poisson. » Le pêcheur ne douta point qu'il n'en prît, car il en vit une grande quantité dans l'étang ; mais ce qui le surprit extrêmement, c'est qu'il remarqua qu'il y en avait de quatre couleurs différentes, c'est-à-dire, de blancs, de rouges, de bleus et de jaunes. Il jeta ses filets, et en amena quatre dont chacun était d'une de ces couleurs. Comme il n'en avait jamais vu de pareils, il ne pouvait se lasser de les admirer, et, jugeant qu'il en pourrait tirer une somme assez considérable, il en avait beaucoup de joie. « Emporte ces poissons, lui dit le génie, et va les présenter à ton sultan ; il t'en donnera plus d'argent que tu n'en as manié[3] en toute ta vie. Tu pourras venir tous les jours pêcher en cet étang ; mais je t'avertis de ne jeter tes filets qu'une fois chaque jour ; autrement il t'en arrivera du mal, prends-y garde. C'est l'avis que je te donne : si tu le suis exactement, tu t'en trouveras

1. **Me suis** : suis-moi.
2. **Défiance** : soupçon, méfiance.
3. **Manié** : manipulé, eu entre les mains.

bien. » En disant cela, il frappa du pied la terre, qui s'ouvrit et se referma après l'avoir englouti.

Le pêcheur, résolu de suivre de point en point les conseils du génie, se garda[1] bien de jeter une seconde fois ses filets. Il reprit le chemin de la ville, fort content de sa pêche, et faisant mille réflexions sur son aventure. Il alla droit au palais du sultan pour lui présenter ses poissons…

« Mais, Sire, dit Schéhérazade, j'aperçois le jour ; il faut que je m'arrête en cet endroit. — Ma sœur, dit alors Dinarzade, que les derniers événements que vous venez de raconter sont surprenants ! J'ai de la peine à croire que vous puissiez désormais nous en apprendre d'autres qui le soient davantage. — Ma chère sœur, répondit la sultane, si le sultan mon maître me laisse vivre jusqu'à demain, je suis persuadée que vous trouverez la suite de l'histoire du pêcheur encore plus merveilleuse que le commencement et incomparablement plus agréable. » Schahriar, curieux de voir si le reste de l'histoire du pêcheur était tel que la sultane le promettait, différa[2] encore l'exécution de la loi cruelle qu'il s'était faite.

XIXe NUIT

Vers la fin de la dix-neuvième nuit, Dinarzade appela la sultane et lui dit : « Ma sœur, si vous ne dormez pas, je vous supplie, en attendant le jour qui paraîtra bientôt, de me raconter la suite de l'histoire du pêcheur ; je suis dans une extrême impatience de

1. **Se garda [de]** : évita [de], s'interdit [de].
2. **Différa** : retarda.

l'entendre. » Schéhérazade, avec la permission du sultan, la reprit aussitôt de cette sorte :

Sire, je laisse à penser à Votre Majesté quelle fut la surprise du sultan lorsqu'il vit les quatre poissons que le pêcheur lui présenta. Il les prit l'un après l'autre pour les considérer avec attention ; et, après les avoir admirés assez longtemps : « Prenez ces poissons, dit-il à son premier vizir, et les portez[1] à l'habile cuisinière que l'empereur des Grecs m'a envoyée ; je m'imagine qu'ils ne seront pas moins bons qu'ils sont beaux. » Le vizir les porta lui-même à la cuisinière, et, les lui remettant entre les mains : « Voilà, lui dit-il, quatre poissons qu'on vient d'apporter au sultan ; il vous ordonne de les lui apprêter[2]. » Après s'être acquitté de cette commission, il retourna vers le sultan son maître, qui le chargea de donner au pêcheur quatre cents pièces d'or de sa monnaie ; ce qu'il exécuta très fidèlement. Le pêcheur, qui n'avait jamais possédé une si grosse somme à la fois, concevait à peine son bonheur[3], et le regardait comme un songe. Mais il connut dans la suite qu'il était réel par le bon usage qu'il en fit, en l'employant aux besoins de sa famille.

1. **Les portez :** portez-les.
2. **Apprêter :** préparer.
3. **Concevait à peine son bonheur :** avait du mal à y croire.

Examen méthodique

Histoire du vizir puni

Repères

1. Qu'est-ce qu'un vizir ? De quelle mission est-il chargé dans l'Histoire du « vizir puni » ?
L'a-t-il bien remplie ?
2. Qu'est-ce qu'un péril ? Qu'est-ce qu'un ogre ? Dans quelles autres histoires en rencontre-t-on ?

Observations

3. Le vizir du roi grec finit par convaincre son maître de tuer le médecin Douban. Comment ?
4. Quelle leçon le roi grec est-il censé tirer de l'histoire du vizir puni ?
5. Le médecin Douban tente de dissuader le roi de lui ôter la vie. Comment s'y prend-il ? Est-il convaincant selon vous ?
6. À quels prétextes le médecin a-t-il recours pour retarder son exécution ?
7. Quel stratagème emploie-t-il pour tuer le roi ? À quel roman et /ou film ce procédé vous fait-il penser ?

Interprétations

8. A-t-on toujours tort de faire confiance aux autres, comme le prétend le vizir du roi grec ?
9. Le roi a-t-il mérité cette fin tragique ?
10. Comment le pêcheur commente-t-il cette histoire ? Êtes-vous d'accord avec lui ?
11. Le pêcheur met-il lui-même en pratique ses idées sur la vengeance ? Pourquoi ? En est-il bien récompensé ?

De la lecture à l'écriture

12. « Songe qu'il n'est pas honnête de se venger, et qu'au contraire il est louable de rendre le bien pour le mal. » Que pensez-vous des propos tenus par le génie ? Illustrez votre opinion par un exemple convaincant.
13. Par quel autre moyen que la vengeance peut-on obtenir justice ?

Le calife de Bagdad.

Histoire de Sindbad le marin

Sire, sous le règne de ce même calife[1] Haroun al-Rachid[2] dont je viens de parler, il y avait à Bagdad un pauvre porteur[3] qui se nommait Hindbad. Un jour qu'il faisait une chaleur excessive, il portait une charge très pesante d'une extrémité de la ville à une autre. Comme il était fort fatigué du chemin qu'il avait déjà fait et qu'il lui en restait encore beaucoup à faire, il arriva dans une rue où régnait un doux zéphyr[4], et dont le pavé était arrosé d'eau de rose[5]. Ne pouvant désirer un lieu plus favorable pour se reposer et reprendre de nouvelles forces, il posa sa charge à terre, et s'assit dessus auprès d'une grande maison.

Il se sut bientôt très bon gré[6] de s'être arrêté en cet endroit : car son odorat fut agréablement frappé d'un parfum exquis de bois d'aloès[7] et de pastilles[8] qui sortait par les fenêtres de cet hôtel, et qui, se mêlant avec l'odeur de l'eau de rose, achevait d'embaumer l'air. Outre cela, il ouït[9] en dedans un concert de divers instruments accompagnés du ramage[10] harmonieux d'un grand nombre de rossignols et d'autres oiseaux

1. **Calife :** chef suprême de la communauté musulmane, appelé « Prince des Croyants ».
2. **Haroun al-Rachid :** calife de Bagdad, monté sur le trône en 786. C'est le plus célèbre calife de la dynastie des Abbassides. Il aurait noué des relations diplomatiques avec Charlemagne. Il mourut en 809.
3. **Porteur :** homme chargé de transporter de lourdes marchandises sur son dos.
4. **Zéphyr :** il s'agit d'un vent doux.
5. **Le pavé était arrosé d'eau de rose :** le sol était arrosé d'un parfum à la rose.
6. **Il se sut très bon gré :** il se félicita.
7. **Aloès :** plante des régions chaudes désertiques.
8. **Pastilles :** pâte odorante que l'on brûle pour parfumer l'air.
9. **Ouït :** entendit.
10. **Ramage :** chant d'oiseaux.

particuliers au climat de Bagdad. Cette gracieuse mélodie et la fumée[1] de plusieurs sortes de viandes qui se faisaient sentir lui firent juger qu'il y avait là quelque festin, et qu'on s'y réjouissait. Il voulut savoir qui demeurait en cette maison qu'il ne connaissait pas bien, parce qu'il n'avait pas eu occasion de passer souvent par cette rue. Pour satisfaire sa curiosité, il s'approcha de quelques domestiques, qu'il vit à la porte, magnifiquement habillés, et demanda à l'un d'entre eux comment s'appelait le maître de cet hôtel[2]. « Hé quoi ! lui répondit le domestique, vous demeurez à Bagdad, et vous ignorez que c'est ici la demeure du seigneur Sindbad le marin, de ce fameux voyageur qui a parcouru toutes les mers que le soleil éclaire ? » Le porteur, qui avait ouï parler des richesses de Sindbad, ne put s'empêcher de porter envie à[3] un homme dont la condition lui paraissait aussi heureuse qu'il trouvait la sienne déplorable[4]. L'esprit aigri par ses réflexions, il leva les yeux au ciel, et dit assez haut pour être entendu : « Puissant créateur de toutes choses, considérez[5] la différence qu'il y a entre Sindbad et moi ; je souffre tous les jours mille fatigues et mille maux, et j'ai bien de la peine à me nourrir, moi et ma famille, de mauvais pain d'orge[6], pendant que l'heureux Sindbad dépense avec profusion[7] d'immenses richesses et mène une vie

1. **Fumée** : parfum des grillades.
2. **Hôtel** : demeure, belle maison.
3. **Porter envie à** : envier.
4. **Déplorable** : qui est à plaindre, pitoyable.
5. **Considérez** : examinez, observez.
6. **Orge** : céréale.
7. **Profusion** : abondance.

pleine de délices. Qu'a-t-il fait pour obtenir de vous une destinée si agréable ? Qu'ai-je fait pour en mériter une si rigoureuse[1] ? En achevant ces paroles, il frappa du pied contre terre comme un homme entièrement possédé de sa douleur et de son désespoir.

Il était encore occupé de ses tristes pensées, lorsqu'il vit sortir de l'hôtel un valet qui vint à lui et qui, le prenant par le bras, lui dit : « Venez, suivez-moi ; le seigneur Sindbad, mon maître, veut vous parler. »

Le jour qui parut en cet endroit empêcha Schéhérazade de continuer cette histoire ; mais elle la reprit ainsi le lendemain :

LXXe NUIT

Sire, Votre Majesté peut aisément s'imaginer qu'Hindbad ne fut pas peu surpris du compliment[2] qu'on lui faisait. Après le discours qu'il venait de tenir, il avait sujet de craindre que Sindbad ne l'envoyât quérir, pour lui faire quelque mauvais traitement ; c'est pourquoi il voulut s'excuser sur ce qu'il ne pouvait abandonner sa charge au milieu de la rue ; mais le valet de Sindbad l'assura qu'on y prendrait garde, et le pressa tellement sur l'ordre dont il était chargé que le porteur fut obligé de se rendre à ses instances[3].

Le valet l'introduisit dans une grande salle, où il y avait un bon nombre de personnes autour d'une table couverte de toutes sortes de mets délicats. On voyait à la place d'honneur un personnage grave, bien fait et

1. **Rigoureuse :** dure, injuste.
2. **Compliment :** ici, parole de civilité, de politesse.
3. **Se rendre à ses instances :** obéir à sa demande insistante.

vénérable[1] par une longue barbe blanche ; et derrière lui étaient debout une foule d'officiers[2] et de domestiques fort empressés à le servir. Ce personnage était Sindbad. Le porteur, dont le trouble s'augmenta à la vue de tant de monde et d'un festin si superbe, salua la compagnie[3] en tremblant. Sindbad lui dit de s'approcher, et, après l'avoir fait asseoir à sa droite, il lui servit à manger lui-même, et lui fit donner à boire d'un excellent vin, dont le buffet était abondamment garni[4].

Sur la fin du repas, Sindbad, remarquant que ses convives ne mangeaient plus, prit la parole, et, s'adressant à Hindbad, qu'il traita de frère, selon la coutume des Arabes lorsqu'ils se parlent familièrement, lui demanda comment il se nommait et quelle était sa profession. « Seigneur, lui répondit-il, je m'appelle Hindbad. — Je suis bien aise[5] de vous voir, reprit Sindbad, et je vous réponds que la compagnie vous voit aussi avec plaisir ; mais je souhaiterais apprendre de vous-même ce que vous disiez tantôt dans la rue. » Sindbad, avant que de se mettre à table, avait entendu tout son discours par une fenêtre ; et c'était ce qui l'avait obligé à le faire appeler.

À cette demande, Hindbad, plein de confusion, baissa la tête et repartit : « Seigneur, je vous avoue que ma lassitude m'avait mis en mauvaise humeur, et il m'est échappé quelques paroles indiscrètes[6] que je vous supplie de me pardonner. — Oh ! ne croyez

1. **Vénérable :** respectable et âgé.
2. **Officiers :** domestiques dans une grande maison.
3. **La compagnie :** les gens présents.
4. **Garni :** plein, enrichi, pourvu.
5. **Je suis bien aise :** je suis bien content.
6. **Indiscrètes :** ici, impolies.

pas, reprit Sindbad, que je sois assez injuste pour en conserver du ressentiment[1]. J'entre dans votre situation ; au lieu de vous reprocher vos murmures[2], je vous plains ; mais il faut que je vous tire d'une erreur où vous me paraissez être à mon égard. Vous vous imaginez sans doute que j'ai acquis sans peine et sans travail toutes les commodités[3] et le repos dont vous voyez que je jouis : désabusez-vous[4]. Je ne suis parvenu à un état si heureux qu'après avoir souffert durant plusieurs années tous les travaux du corps et de l'esprit que l'imagination peut concevoir. Oui, Messeigneurs, ajouta-t-il en s'adressant à toute la compagnie, je puis vous assurer que ces travaux sont si extraordinaires qu'ils sont capables d'ôter aux hommes les plus avides de richesses l'envie fatale de traverser les mers pour en acquérir. Vous n'avez peut-être entendu parler que confusément[5] de mes étranges aventures, et des dangers que j'ai courus sur mer dans les sept voyages que j'ai faits, et, puisque l'occasion s'en présente, je vais vous en faire un rapport[6] fidèle : je crois que vous ne serez pas fâchés de l'entendre. »

Comme Sindbad voulait raconter son histoire, particulièrement à cause du porteur, avant que de la commencer il ordonna qu'on fît porter la charge qu'il avait laissée dans la rue au lieu où Hindbad marqua qu'il souhaitait qu'elle fût portée. Après cela, il parla dans ces termes :

1. **Ressentiment :** rancune.
2. **Murmures :** plaintes, protestations.
3. **Les commodités :** le confort.
4. **Désabusez-vous :** détrompez-vous.
5. **Confusément :** indistinctement, vaguement.
6. **Un rapport :** un récit.

EXAMEN MÉTHODIQUE

HISTOIRE DE SINDBAD LE MARIN, PROLOGUE

REPÈRES

1. Qui est Haroun al-Rachid ? S'agit-il d'un personnage réel ?
2. Qu'est-ce qu'un porteur ?
3. Faites la liste des mots qui renvoient à la douceur de l'air près de la maison de Sindbad.
4. Qu'est-ce que le zéphyr ? Recherchez l'étymologie de ce mot. Connaissez-vous d'autres mots français qui proviennent de la même langue ?
5. Sindbad était-il célèbre dans son pays natal ?
6. Que signifie « l'esprit aigri par ces réflexions » ?

OBSERVATIONS

7. Quels sont les termes choisis par le traducteur qui renvoient à l'image d'un Orient de rêve ?
8. Lisez la plainte du porteur Hindbad. La trouvez-vous justifiée ?
9. Que pensez-vous de la réponse de Sindbad ?
10. Comment Sindbad justifie-t-il ses richesses ?

INTERPRÉTATIONS

11. Pourquoi Sindbad entreprend-il de raconter ses voyages à l'assemblée ?
12. Connaissez-vous d'autres récits célèbres consacrés aux voyages de personnages légendaires ? Comparez la situation de ces personnages avec celle de Sindbad.

DE LA LECTURE À L'ÉCRITURE

13. L'un de vos amis se lamente sur sa destinée et envie votre propre sort. Vous essayez de lui redonner courage. Écrivez le dialogue.

Navire voguant dans le golfe Persique.
Manuscrit de l'école de Bagdad.

Premier voyage de Sindbad le marin

« J'avais hérité de ma famille des biens considérables, j'en dissipai[1] la meilleure partie dans les débauches[2] de ma jeunesse ; mais je revins de mon aveuglement, et, rentrant en moi-même, je reconnus que les richesses étaient périssables[3], et qu'on en voyait bientôt la fin quand on les ménageait aussi mal que je faisais. Je pensai, de plus, que je consumais[4] malheureusement dans une vie déréglée le temps, qui est la chose du monde la plus précieuse. Je considérai encore que c'était la dernière et la plus déplorable de toutes les misères que d'être pauvre dans la vieillesse. Je me souvins de ces paroles du grand Salomon, que j'avais autrefois ouï dire à mon père, qu'*il est moins fâcheux d'être dans le tombeau que dans la pauvreté*.

« Frappé[5] de toutes ces réflexions, je ramassai les débris[6] de mon patrimoine[7]. Je vendis à l'encan[8] en plein marché tout ce que j'avais de meubles. Je me liai[9] ensuite avec quelques marchands qui négociaient par mer[10]. Je consultai ceux qui me parurent capables de me donner de bons conseils. Enfin, je résolus de faire profiter[11] le peu d'argent qui me restait, et, dès

1. **Je dissipai :** je gaspillai.
2. **Débauches :** excès dans les plaisirs sensuels.
3. **Périssables :** éphémères.
4. **Je consumais :** je dépensais.
5. **Frappé :** troublé.
6. **Les débris :** les restes.
7. **Patrimoine :** bien, héritage.
8. **Je vendis à l'encan :** je vendis aux enchères.
9. **Je me liai :** je m'associai.
10. **Négociaient par mer :** pratiquaient le commerce maritime.
11. **Faire profiter :** créer du profit, faire fructifier.

que j'eus pris cette résolution[1], je ne tardai guère à l'exécuter. Je me rendis à Balsora[2], où je m'embarquai avec plusieurs marchands sur un vaisseau que nous avions équipé à frais communs[3].

« Nous mîmes à la voile[4], et prîmes la route des Indes orientales par le golfe Persique, qui est formé par les côtes de l'Arabie Heureuse[5] à la droite, et par celles de la Perse à la gauche, et dont la plus grande largeur est de soixante et dix lieues, selon la commune opinion[6]. Hors de ce golfe, la mer du Levant[7], la même que celle des Indes, est très spacieuse : elle a d'un côté pour bornes[8] les côtes d'Abyssinie[9] et quatre mille cinq cents lieues[10] de longueur jusqu'aux îles de Vakvak[11]. Je fus d'abord incommodé de ce qu'on appelle le mal de mer ; mais ma santé se rétablit bientôt, et depuis ce temps-là je n'ai point été sujet à cette maladie.

« Dans le cours de notre navigation, nous abordâmes à plusieurs îles et nous y vendîmes ou échangeâmes nos marchandises. Un jour que nous

1. **Résolution :** décision.
2. **Balsora :** port de mer sur le golfe Persique.
3. **Frais communs :** frais partagés.
4. **Nous mîmes à la voile :** nous appareillâmes.
5. **L'Arabie Heureuse :** autre nom du Yémen, partie fertile de la péninsule arabique.
6. **La commune opinion :** les idées partagées et répandues.
7. **La mer du Levant :** l'océan Indien.
8. **Bornes :** limites.
9. **Les côtes d'Abyssinie :** région de la « corne de l'Afrique », Éthiopie et Somalie actuelles.
10. **Lieues :** une lieue est une ancienne mesure de distance d'environ 4 kilomètres.
11. **Îles de Vakvak :** pays imaginaire du bout du monde ; ces îles, selon les Arabes, sont au-delà de la Chine et ainsi appelées d'un arbre qui porte un fruit de ce nom. Ce sont sans doute les îles du Japon, qui ne sont pourtant pas si éloignées de l'Abyssinie.

étions à la voile, le calme nous prit vis-à-vis[1] une petite île presque à fleur d'eau, qui ressemblait à une prairie par sa verdure. Le capitaine fit plier les voiles, et permit de prendre terre aux personnes de l'équipage qui voulurent y descendre. Je fus du nombre de ceux qui y débarquèrent. Mais, dans le temps que nous nous divertissions à boire et à manger, et à nous délasser[2] de la fatigue de la mer, l'île trembla tout à coup, et nous donna une rude secousse… »

À ces mots, Schéhérazade s'arrêta, parce que le jour commençait à paraître. Elle reprit ainsi son discours sur la fin de la nuit suivante :

LXXIe NUIT

Sire, Sindbad poursuivit ainsi son histoire : « On s'aperçut, dit-il, du tremblement de l'île dans le vaisseau, d'où l'on nous cria de nous rembarquer promptement ; que nous allions tous périr ; que ce que nous prenions pour une île était le dos d'une baleine. Les plus diligents[3] se sauvèrent dans la chaloupe[4], d'autres se jetèrent à la nage. Pour moi, j'étais encore sur l'île, ou plutôt sur la baleine, lorsqu'elle se plongea dans la mer, et je n'eus que le temps de me prendre à une pièce de bois qu'on avait apportée du vaisseau pour faire du feu. Cependant, le capitaine, après avoir reçu sur son bord les gens qui

1. **Vis-à-vis :** en face de.
2. **Nous délasser :** nous reposer.
3. **Diligents :** rapides.
4. **Chaloupe :** canot.

étaient dans la chaloupe et recueilli quelques-uns de ceux qui nageaient, voulut profiter d'un vent frais et favorable qui s'était levé ; il fit hausser[1] les voiles, et m'ôta par là l'espérance de gagner le vaisseau.

« Je demeurai donc à la merci des flots, poussé tantôt d'un côté et tantôt d'un autre ; je disputai contre eux ma vie tout le reste du jour et de la nuit suivante. Je n'avais plus de force le lendemain, et je désespérais d'éviter la mort, lorsqu'une vague me jeta heureusement contre une île. Le rivage en était haut et escarpé, et j'aurais eu beaucoup de peine à y monter, si quelques racines d'arbres que la fortune semblait avoir conservées en cet endroit pour mon salut ne m'en eussent donné le moyen. Je m'étendis sur la terre, où je demeurai à demi mort, jusqu'à ce qu'il fit grand jour et que le soleil parut.

« Alors, quoique je fusse très faible à cause du travail de la mer, et parce que je n'avais pris aucune nourriture depuis le jour précédent, je ne laissai pas de[2] me traîner en cherchant des herbes bonnes à manger. J'en trouvai quelques-unes, et j'eus le bonheur de rencontrer une source d'eau excellente, qui ne contribua pas peu à me rétablir. Les forces m'étant revenues, je m'avançai dans l'île, marchant sans tenir de route assurée. J'entrai dans une belle plaine, où j'aperçus de loin un cheval qui paissait. Je portai mes pas de ce côté-là, flottant entre la crainte et la joie : car j'ignorais si je n'allais pas chercher ma perte plutôt qu'une occasion de mettre ma vie en sûreté. Je remarquai, en approchant, que c'était une

1. **Hausser :** lever, hisser.
2. **Je ne laissai pas de :** je ne cessai pas de.

cavale[1] attachée à un piquet. Sa beauté attira mon attention ; mais, pendant que je la regardais, j'entendis la voix d'un homme qui parlait sous terre. Un moment ensuite, cet homme parut, vint à moi, et me demanda qui j'étais. Je lui racontai mon aventure ; après quoi, me prenant par la main, il me fit entrer dans une grotte, où il y avait d'autres personnes qui ne furent pas moins étonnées de me voir que je l'étais de les trouver là.

« Je mangeai de quelques mets qu'ils me présentèrent ; puis, leur ayant demandé ce qu'ils faisaient dans un lieu qui me paraissait si désert, ils me répondirent qu'ils étaient palefreniers[2] du roi Mihrage[3], souverain de cette île ; que chaque année, dans la même saison, ils avaient coutume[4] d'y amener les cavales du roi, qu'ils attachaient de la manière que je l'avais vu, pour les faire couvrir[5] par un cheval marin qui sortait de la mer ; que le cheval marin, après les avoir couvertes, se mettait en état de les dévorer ; mais qu'ils l'en empêchaient par leurs cris, et l'obligeaient à rentrer dans la mer ; que, les cavales étant pleines, ils les ramenaient, et que les chevaux qui en naissaient étaient destinés pour le roi et appelés chevaux marins. Ils ajoutèrent qu'ils devaient partir le lendemain, et que, si je fusse arrivé un jour plus

1. **Une cavale** : une jument de race.
2. **Palefreniers** : valets chargés du soin des chevaux.
3. **Roi Mihrage** : ancien roi des Indes, renommé pour sa puissance et sa sagesse. Ce nom est issu du mot indien « mahârâdja », qui a donné « mahradjah » en français. Notez le jeu de mot avec « mirage ».
4. **Ils avaient coutume** : ils avaient pour coutume, l'habitude.
5. **Les faire couvrir** : procéder à leur accouplement.

tard, j'aurais péri infailliblement[1], parce que les habitations étaient éloignées et qu'il m'eût été impossible d'y arriver sans guide.

« Tandis qu'ils m'entretenaient ainsi, le cheval marin sortit de la mer comme ils me l'avaient dit, se jeta sur la cavale, la couvrit et voulut ensuite la dévorer ; mais, au grand bruit que firent les palefreniers, il lâcha prise et alla se replonger dans la mer.

« Le lendemain, ils reprirent le chemin de la capitale de l'île avec les cavales, et je les accompagnai. À notre arrivée, le roi Mihrage, à qui je fus présenté, me demanda qui j'étais et par quelle aventure je me trouvais dans ses États[2]. Dès que j'eus pleinement satisfait sa curiosité, il me témoigna qu'il prenait beaucoup de part à mon malheur. En même temps, il ordonna qu'on eût soin de moi et que l'on me fournît toutes les choses dont j'aurais besoin. Cela fut exécuté de manière que j'eus sujet de me louer[3] de sa générosité et de l'exactitude[4] de ses officiers.

« Comme j'étais marchand, je fréquentai les gens de ma profession. Je recherchais particulièrement ceux qui étaient étrangers, tant pour apprendre d'eux des nouvelles de Bagdad que pour en trouver quelqu'un avec qui je pusse y retourner : car la capitale du roi Mihrage est située sur le bord de la mer, et a un beau port où il aborde tous les jours des vaisseaux de différents endroits du monde. Je cherchais aussi la compagnie des savants des Indes, et je prenais plaisir à

1. **Infailliblement :** inévitablement.
2. **Ses États :** son royaume.
3. **J'eus sujet de me louer :** j'eus raison de me montrer satisfait.
4. **Exactitude :** application, ponctualité et minutie.

les entendre parler ; mais cela ne m'empêchait pas de faire ma cour au roi très régulièrement, ni de m'entretenir avec des gouverneurs et de petits rois, ses tributaires[1], qui étaient auprès de sa personne. Ils me faisaient mille questions sur mon pays ; et, de mon côté, voulant m'instruire des mœurs ou des lois de leurs États, je leur demandais tout ce qui me semblait mériter ma curiosité[2].

« Il y a sous la domination du roi Mihrage une île qui porte le nom de Cassel[3]. On m'avait assuré qu'on y entendait toutes les nuits un son de timbales[4] ; ce qui a donné lieu à l'opinion qu'ont les matelots que Deggial[5] y fait sa demeure. Il me prit envie d'être témoin de cette merveille, et je vis dans mon voyage des poissons longs de cent et de deux cents coudées[6], qui font plus de peur que de mal. Ils sont si timides qu'on les fait fuir en frappant sur des ais[7]. Je remarquai d'autres poissons qui n'étaient que d'une coudée, et qui ressemblaient par la tête à des hiboux.

« À mon retour, comme j'étais un jour sur le port, un navire y vint aborder. Dès qu'il fut à l'ancre, on commença de décharger les marchandises ; et les marchands à qui elles appartenaient les faisaient transporter dans des magasins. En jetant les yeux sur

1. **Tributaires :** dépendants, soumis au pouvoir.
2. **Ce qui me semblait mériter ma curiosité :** ce qui me semblait digne d'intérêt.
3. **Cassel :** île légendaire.
4. **Timbales :** instruments musicaux à percussion, sortes de tambours.
5. **Deggial :** ou l'Antéchrist (le diable) pour les musulmans. Il n'a qu'un œil et qu'un sourcil.
6. **Coudées :** une coudée est une ancienne unité de mesure qui représente environ cinquante centimètres.
7. **Ais :** planchettes de bois.

quelques ballots[1] et sur l'écriture qui marquait à qui ils étaient, je vis mon nom dessus, et, après les avoir attentivement examinés, je ne doutai pas que ce ne fussent ceux que j'avais fait charger sur le vaisseau où je m'étais embarqué à Balsora. Je reconnus même le capitaine ; mais, comme j'étais persuadé qu'il me croyait mort, je l'abordai et lui demandai à qui appartenaient les ballots que je voyais. « J'avais sur mon bord, me répondit-il, un marchand de Bagdad, qui se nommait Sindbad. Un jour que nous étions près d'une île, à ce qu'il nous paraissait, il mit pied à terre avec plusieurs passagers dans cette île prétendue, qui n'était autre chose qu'une baleine d'une grosseur énorme, qui s'était endormie à fleur d'eau[2]. Elle ne se sentit pas plus tôt échauffée par le feu qu'on avait allumé sur son dos pour faire la cuisine qu'elle commença de se mouvoir et de s'enfoncer dans la mer. La plupart des personnes qui étaient dessus se noyèrent, et le malheureux Sindbad fut de ce nombre. Ces ballots étaient à lui, et j'ai résolu de les négocier[3] jusqu'à ce que je rencontre quelqu'un de sa famille à qui je puisse rendre le profit que j'aurai fait avec le principal[4]. — Capitaine, lui dis-je alors, je suis ce Sindbad que vous croyez mort, et qui ne l'est pas : ces ballots sont mon bien et ma marchandise… »

Schéhérazade n'en dit pas davantage cette nuit ; mais elle continua le lendemain de cette sorte :

1. **Ballots :** paquets de marchandises.
2. **À fleur d'eau :** à la surface de l'eau.
3. **Les négocier :** faire du commerce avec.
4. **Le principal :** le capital.

LXXIIe NUIT

Sindbad, poursuivant son histoire, dit à la compagnie :

« Quand le capitaine du vaisseau m'entendit parler ainsi : « Grand Dieu ! s'écria-t-il, à qui se fier[1] aujourd'hui ? Il n'y a plus de bonne foi parmi les hommes. J'ai vu de mes propres yeux périr[2] Sindbad ; les passagers qui étaient sur mon bord l'ont vu comme moi, et vous osez dire que vous êtes ce Sindbad ? Quelle audace ! À vous voir, il semble que vous soyez un homme de probité[3] ; cependant vous dites une horrible fausseté[4] pour vous emparer d'un bien qui ne vous appartient pas. — Donnez-vous patience, repartis-je au capitaine, et me faites la grâce d'écouter ce que j'ai à vous dire. — Hé bien ! reprit-il, que direz-vous ? Parlez, je vous écoute. » Je lui racontai alors de quelle manière je m'étais sauvé, et par quelle aventure j'avais rencontré les palefreniers du roi Mihrage, qui m'avaient amené à sa cour.

« Il se sentit ébranlé[5] de mon discours ; mais il fut bientôt persuadé que je n'étais pas un imposteur[6] : car il arriva des gens de son navire qui me reconnurent et me firent de grands compliments, en me témoignant la joie qu'ils avaient de me revoir. Enfin, il me reconnut aussi lui-même, et, se jetant à mon cou : « Dieu soit loué, me dit-il, de ce que vous êtes heureusement échappé d'un si grand danger ! je ne

1. **À qui se fier :** en qui avoir confiance.
2. **Périr :** mourir.
3. **Un homme de probité :** un homme honnête, un homme intègre.
4. **Fausseté :** mensonge, tromperie.
5. **Ébranlé :** troublé, secoué.
6. **Un imposteur :** un charlatan, un menteur.

puis assez vous marquer le plaisir que j'en ressens. Voilà votre bien, prenez-le, il est à vous ; faites-en ce qu'il vous plaira. » Je le remerciai, je louai sa probité, et, pour la reconnaître, je le priai d'accepter quelques marchandises que je lui présentai ; mais il les refusa.

« Je choisis ce qu'il y avait de plus précieux dans mes ballots, et j'en fis présent[1] au roi Mihrage. Comme ce prince savait la disgrâce[2] qui m'était arrivée, il me demanda où j'avais pris des choses si rares. Je lui contai par quel hasard je venais de les recouvrer[3] ; il eut la bonté de m'en témoigner de la joie ; il accepta mon présent et m'en fit de beaucoup plus considérables. Après cela, je pris congé de lui et me rembarquai sur le même vaisseau. Mais, avant mon embarquement, j'échangeai les marchandises qui me restaient contre d'autres du pays. J'emportai avec moi du bois d'aloès, du sandal[4], du camphre[5], de la muscade, du clou de girofle, du poivre et du gingembre[6]. Nous passâmes par plusieurs îles, et nous abordâmes enfin à Balsora, d'où j'arrivai en cette ville avec la valeur d'environ cent mille sequins. Ma famille me reçut, et je la revis avec tous les transports[7] que peut causer une amitié vive et sincère. J'achetai des esclaves de l'un et de l'autre sexe, de belles terres, et je fis une grosse maison. Ce fut ainsi que je m'établis[8], résolu

1. **J'en fis présent :** je l'offris en cadeau.
2. **La disgrâce :** le malheur.
3. **Recouvrer :** récupérer.
4. **Sandal :** nom arabe du santal, substance ligneuse odorante qui sert à fabriquer des médicaments et des parfums.
5. **Camphre :** substance aromatique provenant du camphrier.
6. **Muscade, clou de girofle, poivre, gingembre :** épices parfumées.
7. **Transports :** élans et exaltations.
8. **Je m'établis :** je fixai ma demeure en un lieu donné, je m'installai.

d'oublier les maux que j'avais soufferts et de jouir des plaisirs de la vie. »

Sindbad, s'étant arrêté en cet endroit, ordonna aux joueurs d'instruments de recommencer leurs concerts, qu'il avait interrompus par le récit de son histoire. On continua jusqu'au soir de boire et de manger, et, lorsqu'il fut temps de se retirer, Sindbad se fit apporter une bourse de cent sequins, et, la donnant au porteur : « Prenez, Hindbad, lui dit-il ; retournez chez vous, et revenez demain entendre la suite de mes aventures. » Le porteur se retira fort confus de l'honneur et du présent qu'il venait de recevoir. Le récit qu'il en fit au logis fut très agréable à sa femme et à ses enfants, qui ne manquèrent pas de remercier Dieu du bien que la Providence leur faisait par l'entremise de[1] Sindbad.

Hindbad s'habilla le lendemain plus proprement que le jour précédent, et retourna chez le voyageur libéral[2], qui le reçut d'un air riant et lui fit mille caresses[3]. Dès que les conviés[4] furent tous arrivés, on servit et l'on tint table[5] fort longtemps. Le repas fini, Sindbad prit la parole, et, s'adressant à la compagnie : « Messeigneurs, dit-il, je vous prie de me donner audience[6] et de vouloir bien écouter les aventures de mon second voyage ; elles sont plus dignes de votre attention que celles du premier. » Tout le monde garda le silence, et Sindbad parla en ces termes :

1. **Par l'entremise de :** par l'intermédiaire de.
2. **Libéral :** prodigue, généreux.
3. **Caresses :** compliments.
4. **Les conviés :** les invités.
5. **On tint table :** on resta à table.
6. **Me donner audience :** me donner la parole et m'écouter.

Examen méthodique

Premier voyage de Sindbad

Repères

1. À quoi Sindbad, dans sa jeunesse, devait-il sa fortune ? A-t-il su la conserver ?
2. Quelle est la chose la plus précieuse qu'il dit avoir perdu dans sa jeunesse ?
3. Où se trouve Balsora (Bassora ou Bassorah) ?
4. Qu'est-ce qu'une cavale ? Qu'est-ce qu'un palefrenier ? Que signifie « couvrir la cavale » ?
5. Les îles de Vakvak existent-t-elles réellement ? Et l'île baleine vous semble-t-elle vraisemblable ?

Observations

6. Quelle décision Sindbad prend-il après avoir perdu son héritage ?
7. Dans quel récit un être humain vit-il dans le ventre d'un animal marin ? Quel roman (puis film) célèbre met en scène une baleine monstrueuse ?
8. Que pensez-vous du « cheval marin » ? Connaissez-vous d'autres chevaux célèbres ? Lesquels ?

Interprétations

9. Quelle différence faites-vous entre la première fortune de Sindbad et celle qu'il a ramenée de son voyage ?
10. Sindbad a-t-il l'air choqué par l'idée d'acheter des esclaves ? Quand l'esclavage a-t-il été aboli en France ?
11. Que pensez-vous de la résolution qu'il adopte dès son retour ?

De la lecture à l'écriture

12. À votre avis, quel est le pays que Sindbad a visité lors de ce premier voyage ? Aidez-vous du nom du roi et des marchandises que Sindbad rapporte.
13. Imaginez que le premier voyage de Sindbad tourne mal. Racontez.

Deuxième voyage de Sindbad le marin

« J'avais résolu, après mon premier voyage, de passer tranquillement le reste de mes jours à Bagdad, comme j'eus l'honneur de vous le dire hier. Mais je ne fus pas longtemps sans m'ennuyer d'une vie oisive[1] ; l'envie de voyager et de négocier par mer me reprit : j'achetai des marchandises propres à faire le trafic que je méditais[2], et je partis une seconde fois avec d'autres marchands dont la probité m'était connue. Nous nous embarquâmes sur un bon navire, et, après nous être recommandés à Dieu, nous commençâmes notre navigation.

« Nous allions d'île en île, et nous y faisions des trocs[3] fort avantageux. Un jour, nous descendîmes en l'une, qui était couverte de plusieurs sortes d'arbres fruitiers, mais si déserte que nous n'y découvrîmes aucune habitation, et même pas une âme. Nous allâmes prendre l'air dans les prairies et le long des ruisseaux qui les arrosaient.

« Pendant que les uns se divertissaient à cueillir des fleurs et les autres des fruits, je pris mes provisions et du vin que j'avais apporté et m'assis près d'une eau coulant entre de grands arbres qui formaient un bel ombrage. Je fis un assez bon repas de ce que j'avais ; après quoi le sommeil vint s'emparer de mes sens. Je ne vous dirai pas si je dormis longtemps ; mais, quand je me réveillai, je ne vis plus le navire à l'ancre… »

1. **Vie oisive** : vie inactive.
2. **Trafic que je méditais** : commerce que je projetais de faire.
3. **Trocs** : échanges de marchandises.

Là, Schéhérazade fut obligée d'interrompre son récit, parce qu'elle vit que le jour paraissait ; mais la nuit suivante elle continua de cette manière le second voyage de Sindbad :

LXXIIIe NUIT

« Je fus bien étonné, dit Sindbad, de ne plus voir le vaisseau à l'ancre ; je me levai, je regardai de toutes parts, et je ne vis pas un des marchands qui étaient descendus dans l'île avec moi. J'aperçus seulement le navire à la voile, mais si éloigné que je le perdis de vue peu de temps après.

« Je vous laisse à imaginer les réflexions que je fis dans un état si triste. Je pensai mourir de douleur. Je poussai des cris épouvantables ; je me frappai la tête, et me jetai par terre, où je demeurai longtemps abîmé[1] dans une confusion mortelle de pensées toutes plus affligeantes[2] les unes que les autres. Je me reprochai cent fois de ne m'être pas contenté de mon premier voyage, qui devait m'avoir fait perdre pour jamais l'envie d'en faire d'autres. Mais tous mes regrets étaient inutiles et mon repentir hors de saison[3].

« À la fin, je me résignai à la volonté de Dieu, et, sans savoir ce que je deviendrais, je montai au haut d'un grand arbre, d'où je regardai de tous côtés pour voir si je ne découvrirais rien qui pût me donner quelque espérance. En jetant les yeux sur la mer, je ne vis que de l'eau et le ciel ; mais, ayant aperçu du côté

1. **Abîmé :** plongé.
2. **Affligeantes :** désolantes.
3. **Repentir hors de saison :** repentir qui arrive trop tard.

de la terre quelque chose de blanc, je descendis de l'arbre, et, avec ce qui me restait de vivres[1], je marchai vers cette blancheur, qui était si éloignée que je ne pouvais pas bien distinguer ce que c'était.

« Lorsque j'en fus à une distance raisonnable, je remarquai que c'était une boule blanche d'une hauteur et d'une grosseur prodigieuses. Dès que j'en fus près, je la touchai et la trouvai fort douce. Je tournai à l'entour[2] pour voir s'il n'y avait point d'ouverture ; je n'en pus découvrir aucune, et il me parut qu'il était impossible de monter dessus, tant elle était unie. Elle pouvait avoir cinquante pas[3] en rondeur.

« Le soleil alors était prêt à se coucher. L'air s'obscurcit tout à coup comme s'il eût été couvert d'un nuage épais. Mais, si je fus étonné de cette obscurité, je le fus bien davantage quand je m'aperçus que ce qui la causait était un oiseau d'une grandeur et d'une grosseur extraordinaires, qui s'avançait de mon côté en volant. Je me souvins d'un oiseau appelé roc[4] dont j'avais souvent ouï parler aux matelots, et je conçus que la grosse boule que j'avais tant admirée devait être un œuf de cet oiseau. En effet, il s'abattit et se posa dessus, comme pour le couver. En le voyant venir, je m'étais serré fort près de l'œuf, de sorte que j'eus devant moi un des pieds de l'oiseau, et ce pied était aussi gros qu'un gros tronc d'arbre. Je m'y attachai fortement avec la toile

1. **Vivres** : nourritures.
2. **À l'entour** : autour.
3. **Pas** : un pas est une unité de mesure.
4. **Roc** : terme vieilli pour désigner le faucon ou le griffon, qui est un animal fabuleux.

dont mon turban[1] était environné[2], dans l'espérance que le roc, lorsqu'il reprendrait son vol le lendemain, m'emporterait hors de cette île déserte. Effectivement, après avoir passé la nuit en cet état, d'abord qu'il fut jour, l'oiseau s'envola et m'enleva si haut que je ne voyais plus la terre ; puis il descendit tout à coup avec tant de rapidité que je ne me sentais pas[3]. Lorsque le roc fut posé et que je me vis à terre, je déliai[4] promptement le nœud qui me tenait attaché à son pied. J'avais à peine achevé de me détacher qu'il donna du bec[5] sur un serpent d'une longueur inouïe. Il le prit et s'envola aussitôt.

« Le lieu où il me laissa était une vallée très profonde, environnée de toutes parts de montagnes si hautes qu'elles se perdaient dans la nue[6], et tellement escarpées qu'il n'y avait aucun chemin par où l'on y pût monter. Ce fut un nouvel embarras pour moi, et, comparant cet endroit à l'île déserte que je venais de quitter, je trouvai que je n'avais rien gagné au change.

« En marchant par cette vallée, je remarquai qu'elle était parsemée de diamants, dont il y en avait d'une grosseur surprenante ; je pris beaucoup de plaisir à les regarder ; mais j'aperçus bientôt de loin des objets[7] qui diminuèrent fort ce plaisir, et que je ne pus voir sans effroi. C'étaient un grand nombre de serpents si gros et

1. **Turban :** coiffure d'homme faite d'une longue bande d'étoffe enroulée autour de la tête.
2. **Environné :** entouré.
3. **Je ne me sentais pas :** j'eus le vertige.
4. **Je déliai :** je détachai.
5. **Il donna du bec :** il donna des coups de bec.
6. **La nue :** les nuages.
7. **Des objets :** des choses, des créatures ; ici, il s'agit de serpents.

si longs qu'il n'y en avait pas un qui n'eût englouti un éléphant. Ils se retiraient pendant le jour dans leurs antres[1], où ils se cachaient à cause du roc leur ennemi, et ils n'en sortaient que la nuit.

« Je passai la journée à me promener dans la vallée, et à me reposer de temps en temps dans les endroits les plus commodes[2]. Cependant le soleil se coucha ; et, à l'entrée de la nuit, je me retirai dans une grotte où je jugeai que je serais en sûreté. J'en bouchai l'entrée, qui était basse et étroite, avec une pierre assez grosse pour me garantir[3] des serpents, mais qui n'était pas assez juste pour empêcher qu'il n'y entrât un peu de lumière. Je soupai d'une partie de mes provisions, au bruit des serpents qui commencèrent à paraître. Leurs affreux sifflements me causèrent une frayeur extrême et ne me permirent pas, comme vous pouvez penser, de passer la nuit fort tranquillement. Le jour étant venu, les serpents se retirèrent. Alors je sortis de ma grotte en tremblant, et je puis dire que je marchai longtemps sur des diamants sans en avoir la moindre envie. À la fin, je m'assis, et, malgré l'inquiétude dont j'étais agité, comme je n'avais pas fermé l'œil de toute la nuit, je m'endormis après avoir fait encore un repas de mes provisions. Mais j'étais à peine assoupi que quelque chose qui tomba près de moi avec grand bruit me réveilla. C'était une grosse pièce de viande fraîche, et, dans le moment, j'en vis rouler plusieurs autres du haut des rochers en différents endroits.

1. **Antres :** cavernes, grottes servant de repaire à des bêtes sauvages.
2. **Commodes :** confortables.
3. **Me garantir de :** me protéger de.

« J'avais toujours tenu pour un conte fait à plaisir[1] ce que j'avais ouï dire plusieurs fois à des matelots et à d'autres personnes touchant la vallée des diamants, et l'adresse dont se servaient quelques marchands pour en tirer ces pierres précieuses. Je connus bien qu'ils m'avaient dit la vérité. En effet, ces marchands se rendent auprès de cette vallée dans le temps que les aigles ont des petits. Ils découpent de la viande et la jettent par grosses pièces dans la vallée ; les diamants sur la pointe desquels elles tombent s'y attachent. Les aigles, qui sont en ce pays-là plus forts qu'ailleurs, vont fondre[2] sur ces pièces de viande, et les emportent dans leurs nids au haut des rochers pour servir de pâture[3] à leurs aiglons. Alors les marchands, courant aux nids, obligent, par leurs cris, les aigles à s'éloigner, et prennent les diamants qu'ils trouvent attachés aux pièces de viande. Ils se servent de cette ruse parce qu'il n'y a pas d'autre moyen de tirer les diamants de cette vallée, qui est un précipice[4] dans lequel on ne saurait descendre.

« J'avais cru jusque-là qu'il ne me serait pas possible de sortir de cet abîme, que je regardais comme mon tombeau ; mais je changeai de sentiment ; et ce que je venais de voir me donna lieu d'imaginer le moyen de conserver ma vie… »

Le jour qui parut en cet endroit imposa silence à Schéhérazade ; mais elle poursuivit cette histoire le lendemain.

1. **Un conte fait à plaisir :** un conte inventé pour le plaisir d'être raconté.
2. **Fondre sur :** s'abattre sur.
3. **Pâture :** nourriture.
4. **Précipice :** gouffre, abîme.

LXXIVe NUIT

Sire, dit-elle en s'adressant toujours au sultan des Indes, Sindbad continua de raconter les aventures de son second voyage à la compagnie qui l'écoutait :

« Je commençai, dit-il, par amasser les plus gros diamants qui se présentèrent à mes yeux, et j'en remplis la bourse de cuir qui m'avait servi à mettre mes provisions de bouche[1]. Je pris ensuite la pièce de viande qui me parut la plus longue, et l'attachai fortement autour de moi avec la toile de mon turban, et en cet état je me couchai le ventre contre terre, la bourse de cuir attachée à ma ceinture de manière qu'elle ne pouvait tomber.

« Je ne fus pas plus tôt en cette situation que les aigles vinrent ; chacune se saisit d'une pièce de viande qu'elle emporta ; et une des plus puissantes, m'ayant enlevé de même avec le morceau de viande dont j'étais enveloppé, me porta au haut de la montagne jusque dans son nid. Les marchands ne manquèrent point alors de crier pour épouvanter les aigles ; et, lorsqu'ils les eurent obligé à quitter leur proie, un d'entre eux s'approcha de moi ; mais il fut saisi de crainte quand il m'aperçut. Il se rassura pourtant, et, au lieu de s'informer par quelle aventure je me trouvais là, il commença de me quereller en me demandant pourquoi je lui ravissais[2] son bien. « Vous me parlerez, lui dis-je, avec plus d'humanité[3] lorsque vous m'aurez mieux connu.

1. **Provisions de bouche :** vivres, nourriture.
2. **Je lui ravissais :** je lui prenais, je lui volais.
3. **Humanité :** civilité, bienveillance, amabilité.

Consolez-vous, ajoutai-je ; j'ai des diamants pour vous et pour moi plus que n'en peuvent avoir tous les autres marchands ensemble. S'ils en ont, ce n'est que par hasard ; mais j'ai choisi moi-même, au fond de la vallée, ceux que j'apporte dans cette bourse que vous voyez. » En disant cela, je la lui montrai. Je n'avais pas achevé de parler que les autres marchands qui m'aperçurent s'attroupèrent autour de moi, fort étonnés de me voir, et j'augmentai leur surprise par le récit de mon histoire. Ils n'admirèrent pas tant le stratagème que j'avais imaginé pour me sauver que ma hardiesse[1] à le tenter.

« Ils m'emmenèrent au logement où ils demeuraient tous ensemble ; et là, ayant ouvert ma bourse en leur présence, la grosseur de mes diamants les surprit, et ils m'avouèrent que dans toutes les cours où ils avaient été ils n'en avaient pas vu un qui en approchât. Je priai le marchand à qui appartenait le nid où j'avais été transporté, car chaque marchand avait le sien, je le priai, dis-je, d'en choisir pour sa part autant qu'il en voudrait. Il se contenta d'en prendre un seul, encore le prit-il des moins gros ; et, comme je le pressais d'en recevoir d'autres sans craindre de me faire tort : « Non, me dit-il ; je suis fort satisfait de celui-ci, qui est assez précieux pour m'épargner la peine de faire désormais d'autres voyages pour l'établissement[2] de ma petite fortune. »

« Je passai la nuit avec ces marchands, à qui je racontai une seconde fois mon histoire pour la satisfaction de ceux qui ne l'avaient pas entendue. Je

1. **Ma hardiesse :** mon audace.
2. **Établissement :** fondation.

ne pouvais modérer[1] ma joie quand je faisais réflexion que j'étais hors des périls dont je vous ai parlé. Il me semblait que l'état où je me trouvais était un songe, et je ne pouvais croire que je n'eusse plus rien à craindre.

« Il y avait déjà plusieurs jours que les marchands jetaient des pièces de viande dans la vallée, et, comme chacun paraissait content des diamants qui lui étaient échus, nous partîmes le lendemain tous ensemble, et nous marchâmes par de hautes montagnes où il y avait des serpents d'une longueur prodigieuse, que nous eûmes le bonheur d'éviter. Nous gagnâmes le premier port, d'où nous passâmes à l'île de Roha[2], où croît l'arbre dont on tire le camphre[3] et qui est si gros et si touffu que cent hommes y peuvent être à l'ombre aisément. Le suc[4] dont se forme le camphre coule par une ouverture que l'on fait au haut de l'arbre, et se reçoit dans un vase où il prend consistance et devient ce qu'on appelle camphre. Le suc ainsi tiré, l'arbre se sèche et meurt.

« Il y a dans la même île des rhinocéros, qui sont des animaux plus petits que l'éléphant et plus grands que le buffle ; ils ont une corne sur le nez, longue environ d'une coudée[5] ; cette corne est solide et coupée par le milieu d'une extrémité à l'autre. On voit dessus des traits blancs qui représentent la figure d'un homme. Le rhinocéros se bat avec l'éléphant, le

1. **Modérer :** tempérer, calmer, mesurer.
2. **L'île de Roha :** île proche de Madagascar.
3. **Le camphre :** substance aromatique extraite du camphrier, un arbuste d'Asie orientale de la famille du laurier.
4. **Le suc :** la sève.
5. **Coudée :** ancienne unité de mesure de longueur.

perce de sa corne par-dessous le ventre, l'enlève et le porte sur sa tête ; mais, comme le sang et la graisse de l'éléphant lui coulent sur les yeux et l'aveuglent, il tombe par terre, et, ce qui va vous étonner, le roc vient, qui les enlève tous deux entre ses griffes et les emporte pour nourrir ses petits.

« Je passe sous silence plusieurs autres particularités de cette île, de peur de vous ennuyer. J'y échangeai quelques-uns de mes diamants contre de bonnes marchandises. De là, nous allâmes à d'autres îles ; et enfin, après avoir touché à plusieurs villes marchandes de terre ferme, nous abordâmes à Balsora[1], d'où je me rendis à Bagdad. J'y fis d'abord de grandes aumônes aux pauvres, et je jouis honorablement du reste des richesses immenses que j'avais apportées et gagnées avec tant de fatigues. »

Ce fut ainsi que Sindbad raconta son second voyage. Il fit donner encore cent sequins à Hindbad, qu'il invita à venir le lendemain entendre le récit du troisième. Les conviés retournèrent chez eux, et revinrent le jour suivant à la même heure, de même que le porteur, qui avait déjà presque oublié sa misère passée. On se mit à table, et, après le repas, Sindbad, ayant demandé audience, fit de cette sorte le détail[2] de son troisième voyage :

---

1. **Balsora :** voir note 2 page 80.
2. **Le détail :** le récit détaillé.

DEUXIÈME VOYAGE DE SINDBAD

REPÈRES

1. Quel prétexte Sindbad prend-il pour son second voyage ? Quelle est la véritable raison de son départ à votre avis ?
2. Comment se retrouve-t-il seul sur une île inconnue ?
3. Qu'est-ce qu'il y découvre ? Le roc est-il un oiseau réel ?
4. Quelle différence y a-t-il entre un précipice et une vallée ? Par quels autres mots Sindbad désigne-t-il l'endroit ?

OBSERVATIONS

5. Quel usage Sindbad fait-il de l'oiseau géant ? Dans quel autre récit célèbre un personnage vole-t-il grâce à un oiseau ?
6. Arrivé dans la vallée, Sindbad regrette-t-il presque d'avoir quitté l'île où il était auparavant ? Cherchez l'origine et le sens de l'expression « tomber de Charybde en Scylla ». S'applique-t-elle à la situation de Sindbad ?
7. Expliquez quels procédés suivent les marchands pour récolter des diamants. Pourquoi Sindbad n'est-il pas surpris par cette ruse ? Mais les marchands, eux, sont étonnés de la façon dont agit Sindbad. Qu'est-ce qui les étonne le plus ?

INTERPRÉTATIONS

8. Sindbad ne se contente pas de raconter son voyage. Il donne aussi des indications. De quel ordre sont-elles ?
9. Pourquoi fait-il, dès son retour, de « grandes aumônes aux pauvres » ? Que savez-vous des devoirs religieux qu'un bon musulman doit accomplir ?

DE LA LECTURE À L'ÉCRITURE

10. Rédigez votre propre description de l'aspect et du comportement du rhinocéros et de l'éléphant en confirmant ou en rectifiant les propos de Sindbad lorsque c'est nécessaire.
11. Vérifiez les informations qu'il donne sur l'extraction du camphre. Décrivez la manière dont on extrait le camphre et les vertus de cette matière.

Troisième voyage de Sindbad le marin

« J'eus bientôt perdu, dit-il, dans les douceurs de la vie que je menais, le souvenir des dangers que j'avais courus dans mes deux voyages ; mais, comme j'étais à la fleur de mon âge[1], je m'ennuyai de vivre dans le repos ; et, m'étourdissant[2] sur les nouveaux périls que je voulais affronter, je partis de Bagdad avec de riches marchandises du pays, que je fis transporter à Balsora. Là, je m'embarquai encore avec d'autres marchands. Nous fîmes une longue navigation, et nous abordâmes à plusieurs ports, où nous fîmes un commerce considérable[3].

« Un jour que nous étions en pleine mer, nous fûmes battus d'une tempête horrible qui nous fit perdre notre route. Elle continua plusieurs jours, et nous poussa devant le port d'une île où le capitaine aurait fort souhaité de se dispenser[4] d'entrer ; mais nous fûmes bien obligés d'y aller mouiller[5]. Lorsqu'on eut plié les voiles, le capitaine nous dit : « Cette île et quelques autres voisines sont habitées par des sauvages tout velus qui vont venir nous assaillir[6]. Quoique ce soient des nains, notre malheur veut que nous ne fassions pas la moindre résistance, parce qu'ils sont en plus grand nombre que les

1. **La fleur de mon âge :** ma jeunesse.
2. **M'étourdissant :** m'émerveillant.
3. **Considérable :** important.
4. **Se dispenser :** éviter.
5. **Mouiller :** jeter l'ancre.
6. **Assaillir :** attaquer.

« Nous vîmes paraître une multitude innombrable de sauvages hideux. »

sauterelles[1], et que, s'il nous arrivait d'en tuer quelqu'un[2], ils se jetteraient tous sur nous et nous assommeraient. »

Le jour, qui vint éclairer l'appartement de Schahriar, empêcha Schéhérazade d'en dire davantage. La nuit suivante, elle reprit la parole en ces termes :

LXXVe NUIT

« Le discours du capitaine, dit Sindbad, mit tout l'équipage dans une grande consternation[3], et nous connûmes bientôt que ce qu'il venait de nous dire n'était que trop véritable. Nous vîmes paraître une multitude innombrable de sauvages hideux[4], couverts par tout le corps d'un poil roux, et hauts seulement de deux pieds[5]. Ils se jetèrent à la nage et environnèrent[6] en peu de temps notre vaisseau. Ils nous parlaient en approchant ; mais nous n'entendions pas[7] leur langage. Ils se prirent[8] aux bords et aux cordages du navire, et grimpèrent de tous côtés jusqu'au tillac[9] avec une si grande agilité et avec tant de vitesse qu'il ne paraissait pas qu'ils posassent leurs pieds.

« Nous leur vîmes faire cette manœuvre avec la frayeur que vous pouvez vous imaginer, sans oser nous

1. **Sauterelles :** ces insectes sauteurs voyagent par grandes nuées et ravagent les cultures.
2. **Quelqu'un :** un.
3. **Consternation :** désolation et épouvante.
4. **Hideux :** très laids.
5. **Pieds :** le pied est une ancienne unité de mesure de longueur de 0,324 m.
6. **Environnèrent :** encerclèrent.
7. **Nous n'entendions pas :** nous ne comprenions pas.
8. **Ils se prirent :** ils s'accrochèrent.
9. **Tillac :** pont supérieur d'un navire.

mettre en défense, ni leur dire un seul mot pour tâcher de les détourner de leur dessein, que nous soupçonnions être funeste[1]. Effectivement, ils déplièrent les voiles, coupèrent le câble[2] de l'ancre sans se donner la peine de la tirer ; et, après avoir fait approcher de terre le vaisseau, ils nous firent tous débarquer. Ils emmenèrent ensuite le navire en une autre île d'où ils étaient venus. Tous les voyageurs évitaient avec soin celle où nous étions alors, et il était très dangereux de s'y arrêter pour la raison que vous allez entendre ; mais il nous fallut prendre notre mal en patience.

« Nous nous éloignâmes du rivage, et, en nous avançant dans l'île, nous trouvâmes quelques fruits et des herbes, dont nous mangeâmes pour prolonger le dernier moment de notre vie le plus qu'il nous était possible : car nous nous attendions tous à une mort certaine. En marchant, nous aperçûmes assez loin de nous un grand édifice[3], vers où nous tournâmes nos pas. C'était un palais bien bâti et fort élevé, qui avait une porte d'ébène[4] à deux battants, que nous ouvrîmes en la poussant. Nous entrâmes dans la cour, et nous vîmes en face un vaste appartement avec un vestibule[5], où il y avait, d'un côté, un monceau[6] d'ossements humains, et, de l'autre, une infinité de broches à rôtir[7]. Nous tremblâmes à ce spectacle, et, comme nous étions fatigués d'avoir marché, les jambes nous manquèrent :

1. **Funeste :** fatal, mortel.
2. **Le câble :** la corde.
3. **Édifice :** bâtiment.
4. **Ébène :** bois de couleur noire.
5. **Vestibule :** pièce d'entrée d'une maison.
6. **Un monceau :** un tas.
7. **Broches à rôtir :** tiges de métal utilisées pour faire rôtir des pièces de viande.

nous tombâmes par terre, saisis d'une frayeur mortelle, et nous y demeurâmes très longtemps immobiles.

« Le soleil se couchait ; et, tandis que nous étions dans l'état pitoyable que je viens de vous dire, la porte de l'appartement s'ouvrit avec beaucoup de bruit, et aussitôt nous en vîmes sortir une horrible figure d'homme noir de la hauteur d'un grand palmier. Il avait au milieu du front un seul œil rouge et ardent[1] comme un charbon allumé ; les dents de devant, qu'il avait fort longues et fort aiguës, lui sortaient de la bouche, qui n'était pas moins fendue que celle d'un cheval ; et la lèvre inférieure lui descendait sur la poitrine. Ses oreilles ressemblaient à celles d'un éléphant et lui couvraient les épaules. Il avait les ongles crochus et longs comme les griffes des plus grands oiseaux. À la vue d'un géant si effroyable, nous perdîmes tous connaissance, et demeurâmes comme morts.

« À la fin, nous revînmes à nous, et nous le vîmes assis sous le vestibule, qui nous examinait de tout son œil. Quand il nous eut bien considérés, il s'avança vers nous, et, s'étant approché, il étendit la main sur moi, me prit par la nuque du col, et me tourna de tous côtés, comme un boucher qui manie[2] une tête de mouton. Après m'avoir bien regardé, voyant que j'étais si maigre que je n'avais que la peau et les os, il me lâcha. Il prit les autres tour à tour, les examina de la même manière, et, comme le capitaine était le plus gras de tout l'équipage, il le tint d'une main ainsi que j'aurais tenu un moineau, et lui passa une broche au travers du corps ; ayant ensuite allumé un grand feu,

1. **Ardent** : embrasé, brûlant.
2. **Manie** : manipule.

il le fit rôtir, et le mangea à son souper, dans l'appartement où il s'était retiré. Ce repas achevé, il revint sous le vestibule, où il se coucha et s'endormit en ronflant d'une manière plus bruyante que le tonnerre. Son sommeil dura jusqu'au lendemain matin. Pour nous, il ne nous fut pas possible de goûter la douceur du repos, et nous passâmes la nuit dans la plus cruelle inquiétude dont on puisse être agité. Le jour étant venu, le géant se réveilla, se leva, sortit, et nous laissa dans le palais.

« Lorsque nous le crûmes éloigné, nous rompîmes le triste silence que nous avions gardé toute la nuit, et, nous affligeant[1] tous comme à l'envi[2] l'un de l'autre, nous fîmes retentir le palais de plaintes et de gémissements. Quoique nous fussions en assez grand nombre et que nous n'eussions qu'un seul ennemi, nous n'eûmes pas d'abord la pensée de nous délivrer[3] de lui par sa mort. Cette entreprise[4], bien que fort difficile à exécuter, était pourtant celle que nous devions naturellement former[5].

« Nous délibérâmes[6] sur plusieurs autres partis, mais nous ne nous déterminâmes à aucun, et, nous soumettant à ce qu'il plairait à Dieu d'ordonner de notre sort, nous passâmes la journée à parcourir l'île en nous nourrissant de fruits et de plantes comme le jour précédent. Sur le soir, nous cherchâmes quelque

1. **Nous affligeant :** nous plaignant.
2. **Comme à l'envi :** à qui mieux mieux.
3. **Nous délivrer :** nous débarrasser.
4. **Entreprise :** projet.
5. **Former :** élaborer.
6. **Nous délibérâmes :** nous discutâmes en vue d'une décision à prendre.

endroit pour nous mettre à couvert[1] ; mais nous n'en trouvâmes point, et nous fûmes obligés malgré nous de retourner au palais.

« Le géant ne manqua pas d'y revenir et de souper encore d'un de nos compagnons, après quoi il s'endormit et ronfla jusqu'au jour ; après quoi il sortit et nous laissa comme il avait déjà fait. Notre condition nous parut si affreuse que plusieurs de nos camarades furent sur le point d'aller se précipiter dans la mer, plutôt que d'attendre une mort si étrange ; et ceux-là excitaient[2] les autres à suivre leur conseil. Mais un de la compagnie, prenant alors la parole : « Il nous est défendu, dit-il, de nous donner nous-mêmes la mort ; et, quand cela serait permis, n'est-il pas plus raisonnable que nous songions[3] au moyen de nous défaire[4] du barbare qui nous destine[5] un trépas si funeste ? »

« Comme il m'était venu dans l'esprit un projet sur cela, je le communiquai à mes camarades, qui l'approuvèrent. « Mes frères, leur dis-je alors, vous savez qu'il y a beaucoup de bois le long de la mer ; si vous m'en croyez, construisons plusieurs radeaux[6] qui puissent nous porter, et, dès qu'ils seront achevés, nous les laisserons sur la côte jusqu'à ce que nous jugions à propos[7] de nous en servir. Cependant, nous exécuterons le dessein que je vous ai proposé pour nous délivrer du géant : s'il réussit, nous pourrons

1. **À couvert :** à l'abri.
2. **Excitaient :** incitaient, encourageaient.
3. **Nous songions :** nous pensions.
4. **Nous défaire :** nous débarrasser.
5. **Qui nous destine :** qui nous réserve.
6. **Radeaux :** flotteurs formés d'un assemblage de morceaux de bois.
7. **À propos :** opportun.

attendre ici avec patience qu'il passe quelque vaisseau qui nous retire de cette île fatale ; si au contraire nous manquons notre coup, nous gagnerons promptement[1] nos radeaux, et nous nous mettrons en mer. J'avoue qu'en nous exposant à la fureur des flots[2] sur de si fragiles bâtiments[3], nous courons risque de perdre la vie ; mais, quand nous devrions périr, n'est-il pas plus doux de nous laisser ensevelir[4] dans la mer que dans les entrailles[5] de ce monstre, qui a déjà dévoré deux de nos compagnons ? » Mon avis fut goûté de tout le monde[6], et nous construisîmes des radeaux capables de porter trois personnes.

Nous retournâmes au palais vers la fin du jour, et le géant y arriva peu de temps après nous. Il fallut encore nous résoudre à voir rôtir un de nos camarades. Mais enfin voici de quelle manière nous nous vengeâmes de la cruauté du géant. Après qu'il eut achevé son détestable souper, il se coucha sur le dos et s'endormit*. D'abord que nous l'entendîmes ronfler selon sa coutume, neuf des plus hardis d'entre nous et moi, nous prîmes chacun une broche, nous en mîmes la pointe dans le feu pour la faire rougir, et ensuite nous la lui enfonçâmes dans l'œil en même temps, et nous le lui crevâmes.

« La douleur que sentit le géant lui fit pousser un cri effroyable. Il se leva brusquement, et étendit les

1. **Nous gagnerons promptement :** nous rejoindrons rapidement.
2. **La fureur des flots :** la violence des vagues.
3. **Bâtiments :** navires.
4. **Ensevelir :** enterrer.
5. **Les entrailles :** tout ce qui est à l'intérieur du ventre.
6. **Goûté de tout le monde :** partagé par tous.

* Il est à croire que l'auteur arabe a tiré ce conte de l'*Odyssée* d'Homère.

mains de tous côtés pour se saisir de quelqu'un de nous, afin de le sacrifier à sa rage ; mais nous eûmes le temps de nous éloigner de lui, et de nous jeter contre terre dans des endroits où il ne pouvait nous rencontrer sous ses pieds. Après nous avoir cherchés vainement, il trouva la porte à tâtons et sortit avec des hurlements épouvantables… »

Schéhérazade n'en dit pas davantage cette nuit ; mais la nuit suivante elle reprit ainsi cette histoire :

LXXVIe NUIT

« Nous sortîmes du palais après le géant, poursuivit Sindbad, et nous nous rendîmes au bord de la mer dans l'endroit où étaient nos radeaux. Nous les mîmes d'abord à l'eau, et nous attendîmes qu'il fît jour pour nous jeter dessus, supposé que nous vissions le géant venir à nous avec quelque guide de son espèce ; mais nous nous flattions que, s'il ne paraissait pas lorsque le soleil serait levé, et que nous n'entendissions plus ses hurlements, que nous ne cessions pas d'ouïr, ce serait une marque qu'il aurait perdu la vie, et, en ce cas, nous nous proposions de rester dans l'île et de ne pas nous risquer sur nos radeaux. Mais à peine fut-il jour que nous aperçûmes notre cruel ennemi, accompagné de deux géants à peu près de sa grandeur qui le conduisaient, et d'un assez grand nombre d'autres encore qui marchaient devant lui à pas précipités.

« À cet objet, nous ne balançâmes point[1] à nous jeter sur nos radeaux, et nous commençâmes à nous

1. **Nous ne balançâmes point :** nous n'hésitâmes pas.

éloigner du rivage à force de rames. Les géants, qui s'en aperçurent, se munirent de grosses pierres, accoururent sur la rive, entrèrent même dans l'eau jusqu'à la moitié du corps, et nous les jetèrent si adroitement qu'à la réserve du radeau[1] sur lequel j'étais tous les autres en furent brisés, et les hommes qui étaient dessus se noyèrent. Pour moi et mes deux compagnons, comme nous ramions de toutes nos forces, nous nous trouvâmes les plus avancés dans la mer et hors de la portée des pierres.

« Quand nous fûmes en pleine mer, nous devînmes le jouet du vent et des flots qui nous jetaient tantôt d'un côté, et tantôt d'un autre, et nous passâmes ce jour-là et la nuit suivante dans une cruelle incertitude de notre destinée ; mais le lendemain nous eûmes le bonheur d'être poussés contre une île où nous nous sauvâmes avec bien de la joie. Nous y trouvâmes d'excellents fruits, qui nous furent d'un grand secours pour réparer les forces que nous avions perdues.

« Sur le soir, nous nous endormîmes sur le bord de la mer ; mais nous fûmes réveillés par le bruit qu'un serpent long comme un palmier faisait de ses écailles en rampant sur la terre. Il se trouva si près de nous qu'il engloutit un de mes deux camarades, malgré les cris et les efforts qu'il put faire pour se débarrasser du serpent, qui, le secouant à plusieurs reprises, l'écrasa contre terre et acheva de l'avaler. Nous prîmes aussitôt la fuite, l'autre camarade et moi ; et, quoique nous fussions assez éloignés, nous entendîmes, quelque temps après, un bruit qui nous fit juger que le serpent rendait les os[2]

1. **À la réserve du radeau :** à l'exception du radeau.
2. **Rendait les os :** recrachait les os après avoir mangé la chair.

du malheureux qu'il avait surpris. En effet, nous les vîmes le lendemain avec horreur. « Ô Dieu ! m'écriai-je alors, à quoi nous sommes-nous exposés ! Nous nous réjouissions hier d'avoir dérobé nos vies à[1] la cruauté d'un géant et à la fureur des eaux, et nous voilà tombés dans un péril qui n'est pas moins terrible. »

« Nous remarquâmes, en nous promenant, un gros arbre fort haut, sur lequel nous projetâmes de passer la nuit suivante pour nous mettre en sûreté. Nous mangeâmes encore des fruits comme le jour précédent ; et, à la fin du jour, nous montâmes sur l'arbre. Nous entendîmes bientôt le serpent, qui vint en sifflant jusqu'au pied de l'arbre où nous étions. Il s'éleva contre le tronc, et, rencontrant mon camarade qui était plus bas que moi, il l'engloutit tout d'un coup, et se retira.

« Je demeurai sur l'arbre jusqu'au jour, et alors j'en descendis plus mort que vif. Effectivement, je ne pouvais attendre un autre sort que celui de mes deux compagnons, et, cette pensée me faisant frémir d'horreur, je fis quelques pas pour m'aller jeter dans la mer ; mais, comme il est doux de vivre le plus longtemps qu'on peut, je résistai à ce mouvement de désespoir, et me soumis à la volonté de Dieu qui dispose à son gré[2] de nos vies.

« Je ne laissai pas toutefois[3] d'amasser une grande quantité de menu bois[4], de ronces et d'épines sèches. J'en fis plusieurs fagots que je liai ensemble, après en

1. **Dérobé nos vies à :** sauvé nos vies de.
2. **À son gré :** selon son bon vouloir, à sa convenance.
3. **Je ne laissai pas de :** je n'omis pas de.
4. **Menu bois :** bois coupé en petits morceaux.

avoir fait un grand cercle autour de l'arbre, et j'en liai quelques-uns en travers par-dessus pour me couvrir la tête. Cela étant fait, je m'enfermai dans ce cercle à l'entrée de la nuit, avec la triste consolation de n'avoir rien négligé[1] pour me garantir[2] du cruel sort qui me menaçait. Le serpent ne manqua pas de revenir et de tourner autour de l'arbre, cherchant à me dévorer ; mais il n'y put réussir à cause du rempart que je m'étais fabriqué, et il fit en vain, jusqu'au jour, le manège[3] d'un chat qui assiège une souris dans un asile[4] qu'il ne peut forcer. Enfin, le jour étant venu, il se retira ; mais je n'osai sortir de mon fort[5] que le soleil ne parût.

« Je me trouvai si fatigué du travail qu'il m'avait donné, j'avais tant souffert de son haleine empestée[6], que, la mort me paraissant préférable à cette horreur, je m'éloignai de l'arbre ; et, sans me souvenir de la résignation[7] où j'étais le jour précédent, je courus vers la mer dans le dessein de m'y précipiter la tête la première… »

À ces mots, Schéhérazade, voyant qu'il était jour, cessa de parler. Le lendemain, elle continua cette histoire, et dit au sultan :

LXXVIIe NUIT

Sire, Sindbad, poursuivant son troisième voyage :

1. **N'avoir rien négligé** : n'avoir rien oublié ; avoir fait tout ce qu'il fallait.
2. **Me garantir** : me protéger.
3. **Le manège** : le jeu, la manœuvre.
4. **Un asile** : un refuge.
5. **Fort** : forteresse, édifice destiné à protéger contre des assaillants.
6. **Empestée** : nauséabonde, qui sent mauvais.
7. **Résignation** : renoncement, désespoir.

« Dieu, dit-il, fut touché de mon désespoir : dans le temps que j'allais me jeter dans la mer, j'aperçus un navire assez éloigné du rivage. Je criai de toute ma force pour me faire entendre, et je dépliai la toile de mon turban pour qu'on me remarquât. Cela ne fut pas inutile : tout l'équipage m'aperçut, et le capitaine m'envoya la chaloupe. Quand je fus à bord, les marchands et les matelots me demandèrent avec beaucoup d'empressement par quelle aventure je m'étais trouvé dans cette île déserte ; et, après que je leur eus raconté tout ce qui m'était arrivé, les plus anciens me dirent qu'ils avaient plusieurs fois entendu parler des géants qui demeuraient dans cette île ; qu'on leur avait assuré que c'étaient des anthropophages[1], et qu'ils mangeaient les hommes crus aussi bien que rôtis. À l'égard des serpents, ils ajoutèrent qu'il y en avait en abondance dans cette île ; qu'ils se cachaient le jour, et se montraient la nuit. Après qu'ils m'eurent témoigné qu'ils avaient bien de la joie de me voir échappé de tant de périls, comme ils ne doutaient pas que je n'eusse besoin de manger, ils s'empressèrent de me régaler[2] de ce qu'ils avaient de meilleur ; et le capitaine, remarquant que mon habit était tout en lambeaux, eut la générosité de m'en faire donner un des siens.

« Nous courûmes la mer quelque temps ; nous touchâmes à plusieurs îles, et nous abordâmes enfin à celle de Salahat, d'où l'on tire le sandal[3], qui est un bois de grand usage dans la médecine. Nous entrâmes dans le port, et nous y mouillâmes. Les marchands

1. **Anthropophages** : cannibales, qui se nourrissent de chair humaine.
2. **Me régaler** : m'offrir un très bon repas.
3. **Sandal** : santal.

commencèrent à faire débarquer leurs marchandises pour les vendre ou les échanger. Pendant ce temps-là, le capitaine m'appela et me dit : « Frère, j'ai en dépôt des marchandises qui appartenaient à un marchand qui a navigué quelque temps sur mon navire. Comme ce marchand est mort, je les fais valoir, pour en rendre compte à ses héritiers lorsque j'en rencontrerai quelqu'un. » Les ballots dont il entendait parler étaient déjà sur le tillac. Il me les montra en me disant : « Voilà les marchandises en question ; j'espère que vous voudrez bien vous charger d'en faire commerce, sous la condition du droit dû à la peine[1] que vous prendrez. » J'y consentis[2], en le remerciant de ce qu'il me donnait occasion de ne pas demeurer oisif[3].

« L'écrivain du navire enregistrait tous les ballots avec les noms des marchands à qui ils appartenaient. Comme il demandait au capitaine sous quel nom il voulait qu'il enregistrât ceux dont il venait de me charger : « Écrivez, lui répondit le capitaine, sous le nom de Sindbad le marin. » Je ne pus m'entendre nommer sans émotion ; et, envisageant le capitaine, je le reconnus pour celui qui, dans mon second voyage, m'avait abandonné dans l'île où je m'étais endormi au bord d'un ruisseau, et qui avait remis à la voile sans m'attendre ou me faire chercher. Je ne me l'étais pas remis[4] d'abord à cause du changement qui s'était fait en sa personne depuis le temps que je ne l'avais vu.

1. **Sous la condition du droit dû à la peine :** à condition d'être payé pour le travail fourni.
2. **J'y consentis :** j'acceptai.
3. **Oisif :** désœuvré, inactif.
4. **Je ne me l'étais pas remis :** je ne m'en étais pas souvenu.

« Pour lui, qui me croyait mort, il ne faut pas s'étonner s'il ne me reconnut pas. « Capitaine, lui dis-je, est-ce que le marchand à qui étaient ces ballots s'appelait Sindbad ? — Oui, me répondit-il, il se nommait de la sorte ; il était de Bagdad, et il s'était embarqué sur mon vaisseau à Balsora. Un jour que nous descendîmes dans une île pour faire de l'eau et prendre quelques rafraîchissements, je ne sais par quelle méprise je remis à la voile sans prendre garde qu'il ne s'était pas rembarqué avec les autres. Nous ne nous en aperçûmes, les marchands et moi, que quatre heures après. Nous avions le vent en poupe[1], et si frais qu'il ne nous fut pas possible de revirer de bord[2] pour aller le reprendre. — Vous le croyez donc mort ? repris-je. — Assurément, repartit-il. — Hé bien ! capitaine, lui répliquai-je, ouvrez les yeux, et connaissez[3] ce Sindbad que vous laissâtes dans cette île déserte ! Je m'endormis au bord d'un ruisseau, et, quand je me réveillai, je ne vis plus personne de l'équipage. » À ces mots, le capitaine s'attacha à me regarder… »

Schéhérazade, en cet endroit, s'apercevant qu'il était jour, fut obligée de garder le silence. Le lendemain, elle reprit ainsi le fil de sa narration :

LXXVIIIe NUIT

« Le capitaine, dit Sindbad, après m'avoir fort attentivement considéré, me reconnut enfin. « Dieu soit loué ! s'écria-t-il en m'embrassant ; je suis ravi que la

1. **En poupe** : à l'arrière ; favorable à la navigation.
2. **Revirer de bord** : changer de cap.
3. **Connaissez** : reconnaissez.

fortune ait réparé ma faute. Voilà vos marchandises que j'ai toujours pris soin de conserver et de faire valoir dans tous les ports où j'ai abordé. Je vous les rends avec le profit[1] que j'en ai tiré. » Je les pris, en témoignant au capitaine toute la reconnaissance que je lui devais.

« De l'île de Salahat, nous allâmes à une autre, où je me fournis[2] de clous de girofle, de cannelle et d'autres épiceries. Quand nous nous en fûmes éloignés, nous vîmes une tortue qui avait vingt coudées en longueur et en largeur ; nous remarquâmes aussi un poisson qui tenait de la vache[3] ; il avait du lait, et sa peau est d'une si grande dureté qu'on en fait ordinairement des boucliers[4]. J'en vis un autre qui avait la figure et la couleur d'un chameau. Enfin, après une longue navigation, j'arrivai à Balsora, et de là je revins en cette ville de Bagdad avec tant de richesses que j'en ignorais la quantité. J'en donnai encore aux pauvres une partie considérable, et j'ajoutai d'autres grandes terres à celles que j'avais déjà acquises. »

Sindbad acheva ainsi l'histoire de son troisième voyage. Il fit donner ensuite cent autres sequins à Hindbad, en l'invitant au repas du lendemain et au récit du quatrième voyage. Hindbad et la compagnie se retirèrent ; et, le jour suivant étant revenu, Sindbad prit la parole sur la fin du dîner, et continua ses aventures.

1. **Profit :** gain, bénéfice.
2. **Je me fournis :** je me procurai.
3. **Qui tenait de la vache :** qui ressemblait à une vache.
4. **Boucliers :** armes défensives, grandes plaques en bois, en métal ou en cuir que les combattants portaient à leur bras gauche pour se protéger des coups portés par l'ennemi.

TROISIÈME VOYAGE DE SINDBAD

REPÈRES

1. Quelle raison amène Sindbad, une troisième fois, loin de chez lui ?
2. Pourquoi le capitaine ne voulait-il pas entrer dans l'île ?
3. Existe-t-il des humains velus tels que ceux décrits dans ce texte ?
4. Sont-ils les seules créatures à craindre sur cette île ?
5. Qu'est-ce qu'un Cyclope ? Recherchez l'origine de ce mot.
6. Face au Cyclope, quelles sont les différentes solutions envisagées par Sindbad et ses compagnons ? Laquelle adoptent-ils et pourquoi ?

OBSERVATIONS

7. À combien de périls Sindbad va-t-il échapper au cours de ce troisième voyage ? Peut-on dire qu'il ne lui arrive que des malheurs ?
8. Ce voyage de Sindbad rappelle celui d'un autre personnage important de la littérature mondiale. Lequel ? Donnez le titre de l'œuvre où il apparaît.
9. À chaque horreur subie, Sindbad et ses compagnons songent à se donner la mort et y renoncent pour différentes raisons. Énumérez-les.

INTERPRÉTATIONS

10. À votre avis, pourquoi Sindbad clôt-il chaque récit de voyage par des informations et des renseignements sur les pays parcourus ?

11. Sindbad fait alterner les renseignements réels et les récits difficiles à croire. Comment expliquer ce mélange des genres ?
12. Comment, à chaque fois, Sindbad échappe-t-il à la mort ? Quelle capacité humaine met-il à profit ?

DE LA LECTURE À L'ÉCRITURE

13. Sindbad évoque souvent les marchandises qu'il rapporte de ses différents voyages. Vous vous retrouvez un jour sur une île orientale. Que chercheriez-vous à acheter et pourquoi ?
14. Dressez une comparaison entre le texte de Sindbad et celui de l'*Odyssée* qui parlent de la rencontre avec le Cyclope (voir p. 206 et suivantes).

Quatrième voyage de Sindbad le marin

« Les plaisirs, dit-il, et les divertissements que je pris après mon troisième voyage n'eurent pas des charmes assez puissants pour me déterminer à ne pas voyager davantage. Je me laissai encore entraîner à la passion de trafiquer[1] et de voir des choses nouvelles. Je mis donc ordre à mes affaires, et, ayant fait un fonds de marchandises de débit[2] dans les lieux où j'avais dessein d'aller, je partis. Je pris la route de la Perse, dont je traversai plusieurs provinces, et j'arrivai à un port de mer où je m'embarquai. Nous mîmes à la voile, et nous avions déjà touché à plusieurs ports de terre ferme et à quelques îles orientales lorsque, faisant un jour un grand trajet, nous fûmes surpris d'un coup de vent qui obligea le capitaine à faire amener les voiles[3] et à donner tous les ordres nécessaires pour prévenir le danger dont nous étions menacés. Mais toutes nos précautions furent inutiles ; la manœuvre ne réussit pas bien ; les voiles furent déchirées en mille pièces, et le vaisseau, ne pouvant plus être gouverné, donna sur une sèche[4], et se brisa de manière qu'un grand nombre de marchands et de matelots se noyèrent, et que la charge périt… »

1. **Trafiquer :** faire du commerce.
2. **Marchandises de débit :** marchandises à vendre au détail.
3. **Faire amener les voiles :** abaisser les voiles.
4. **Une sèche :** fond marin qui s'élève jusqu'à la surface de l'eau et qui peut faire échouer un navire.

Schéhérazade en était là quand elle vit paraître le jour. Elle s'arrêta, et Schahriar se leva. La nuit suivante, elle reprit ainsi le quatrième voyage :

LXXIXe NUIT

« J'eus le bonheur, continua Sindbad, de même que plusieurs autres marchands et matelots, de me prendre à une planche[1]. Nous fûmes tous emportés par un courant vers une île qui était devant nous. Nous y trouvâmes des fruits et de l'eau de source qui servirent à rétablir nos forces. Nous nous y reposâmes même la nuit dans l'endroit où la mer nous avait jetés, sans avoir pris aucun parti[2] sur ce que nous devions faire. L'abattement[3] où nous étions de notre disgrâce[4] nous en avait empêchés.

« Le jour suivant, d'abord que le soleil fut levé, nous nous éloignâmes du rivage ; et, nous avançant dans l'île, nous y aperçûmes des habitations, où nous nous rendîmes. À notre arrivée, des noirs vinrent à nous en très grand nombre ; ils nous environnèrent, se saisirent de nos personnes, en firent une espèce de partage, et nous conduisirent ensuite dans leurs maisons.

« Nous fûmes menés, cinq de mes camarades et moi, dans un même lieu. D'abord on nous fit asseoir, et l'on nous servit d'une certaine herbe, en nous invitant par signes à en manger. Mes camarades, sans faire réflexion que ceux qui la servaient n'en mangeaient

1. **Me prendre à une planche :** m'accrocher à une planche.
2. **Sans avoir pris aucun parti :** sans avoir pris aucune décision.
3. **Abattement :** épuisement, fatigue.
4. **Disgrâce :** malheur.

pas, ne consultèrent que leur faim[1] qui les pressait, et se jetèrent dessus ces mets avec avidité. Pour moi, par un pressentiment de quelque supercherie[2], je ne voulus pas seulement en goûter, et je m'en trouvai bien : car, peu de temps après, je m'aperçus que l'esprit avait tourné à mes compagnons[3], et qu'en me parlant ils ne savaient ce qu'ils disaient.

— « On nous servit ensuite du riz préparé avec de l'huile de coco, et mes camarades, qui n'avaient plus de raison[4], en mangèrent extraordinairement. J'en mangeai aussi, mais fort peu. Les noirs nous avaient d'abord présenté de cette herbe pour nous troubler l'esprit, et nous ôter par là le chagrin que la triste connaissance de notre sort nous devait causer ; et ils nous donnaient du riz pour nous engraisser. Comme ils étaient anthropophages, leur intention était de nous manger quand nous serions devenus gras. C'est ce qui arriva à mes camarades, qui ignoraient leur destinée parce qu'ils avaient perdu leur bon sens. Puisque j'avais conservé le mien, vous jugez bien, Seigneurs, qu'au lieu d'engraisser comme les autres je devins encore plus maigre que je n'étais. La crainte de la mort, dont j'étais incessamment frappé, tournait en poison tous les aliments que je prenais. Je tombai dans une langueur qui me fut fort salutaire : car les noirs, ayant assommé et mangé mes compagnons, en

1. **Ne consultèrent que leur faim :** ne tinrent compte que de leur estomac, n'écoutèrent que leur faim.
2. **Supercherie :** tromperie.
3. **L'esprit avait tourné à mes compagnons :** mes compagnons avaient perdu la tête.
4. **Raison :** bon sens.

demeurèrent là ; et, me voyant sec, décharné[1], malade, ils remirent ma mort à un autre temps.

« Cependant j'avais beaucoup de liberté, et l'on ne prenait presque pas garde à mes actions. Cela me donna lieu[2] de m'éloigner un jour des habitations des noirs et de me sauver. Un vieillard qui m'aperçut, et qui se douta de mon dessein, me cria de toute sa force de revenir ; mais, au lieu de lui obéir, je redoublai mes pas[3], et je fus bientôt hors de sa vue. Il n'y avait alors que ce vieillard dans les habitations ; tous les autres noirs s'étaient absentés et ne devaient revenir que sur la fin du jour, ce qu'ils avaient coutume de faire assez souvent. C'est pourquoi, étant assuré qu'ils ne seraient plus à temps[4] de courir après moi lorsqu'ils apprendraient ma fuite, je marchai jusqu'à la nuit. Alors, je m'arrêtai pour prendre un peu de repos et manger de quelques vivres dont j'avais fait provision. Mais je repris bientôt mon chemin, et continuai de marcher pendant sept jours, en évitant les endroits qui me paraissaient habités. Je vivais de cocos, qui me fournissaient en même temps de quoi boire et de quoi manger.

« Le huitième jour, j'arrivai près de la mer, et j'aperçus tout à coup des gens blancs comme moi, occupés à cueillir du poivre, dont il y avait là une grande abondance. Leur occupation me fut de bon augure[5], et je ne fis nulle difficulté de m'approcher d'eux... »

Schéhérazade n'en dit pas davantage cette nuit, et, la suivante, elle poursuivit dans ces termes :

1. **Décharné :** amaigri, qui n'a plus de chair.
2. **Me donna lieu :** me permit.
3. **Je redoublai mes pas :** je pressai le pas.
4. **Ils ne seraient plus à temps :** ils n'auraient plus le temps.
5. **Me fut de bon augure :** me fit une bonne impression.

LXXXe NUIT

« Les gens qui cueillaient du poivre, continua Sindbad, vinrent au-devant de moi. Dès qu'ils me virent, ils me demandèrent en arabe qui j'étais et d'où je venais. Ravi de les entendre parler comme moi, je satisfis volontiers leur curiosité en leur racontant de quelle manière j'avais fait naufrage et étais venu dans cette île, où j'étais tombé entre les mains des noirs. « Mais ces noirs, me dirent-ils, mangent les hommes ! Par quel miracle êtes-vous échappé à leur cruauté ? » Je leur fis le même récit que vous venez d'entendre, et ils en furent merveilleusement étonnés.

« Je demeurai avec eux jusqu'à ce qu'ils eussent amassé la quantité de poivre qu'ils voulurent ; après quoi ils me firent embarquer sur le bâtiment qui les avait amenés, et nous nous rendîmes dans une autre île d'où ils étaient venus. Ils me présentèrent à leur roi, qui était un bon prince. Il eut la patience d'écouter le récit de mon aventure, qui le surprit. Il me fit donner ensuite des habits et commanda qu'on eût soin de moi.

« L'île où je me trouvais était fort peuplée et abondante en toutes sortes de choses, et l'on faisait un grand commerce dans la ville où le roi demeurait. Cet agréable asile commença à me consoler de mon malheur ; et les bontés que ce généreux prince avait pour moi achevèrent de me rendre content. En effet, il n'y avait personne qui fût mieux que moi dans son esprit[1], et par conséquent il n'y avait personne dans sa

1. **Qui fût mieux que moi dans son esprit :** qui soit plus apprécié par lui.

cour ni dans la ville qui ne cherchât l'occasion de me faire plaisir. Ainsi je fus bientôt regardé comme un homme né dans cette île, plutôt que comme un étranger.

« Je remarquai une chose qui me parut bien extraordinaire : tout le monde, le roi même, montait à cheval sans bride[1] et sans étriers. Cela me fit prendre la liberté de lui demander un jour pourquoi Sa Majesté ne se servait pas de ces commodités. Il me répondit que je lui parlais de choses dont on ignorait l'usage en ses États.

« J'allai aussitôt chez un ouvrier, et je lui fis dresser le bois d'une selle sur le modèle que je lui donnai. Le bois de la selle achevé, je le garnis moi-même de bourre[2] et de cuir, et l'ornai d'une broderie d'or. Je m'adressai ensuite à un serrurier, qui me fit un mors[3] de la forme que je lui montrai, et je lui fis faire aussi des étriers.

« Quand ces choses furent dans un état parfait, j'allai les présenter au roi, et les essayai sur un de ses chevaux. Ce prince monta dessus, et fut si satisfait de cette invention qu'il m'en témoigna sa joie par de grandes largesses[4]. Je ne pus me défendre[5] de faire plusieurs selles pour ses ministres et pour les principaux officiers de sa maison, qui me firent tous des présents qui m'enrichirent en peu de temps. J'en fis aussi pour les personnes les plus qualifiées de la

1. **Bride :** pièce du harnais qui sert à diriger le cheval.
2. **Bourre :** amas de poils ou de laine servant à rembourrer les harnais, certains coussins, ici la selle.
3. **Mors :** levier qui passe dans la bouche du cheval et qui, en agissant sur les barres, sert à le diriger.
4. **Largesses :** générosités, cadeaux importants.
5. **Je ne pus me défendre :** je ne pus m'empêcher de.

ville[1] ; ce qui me mit dans une grande réputation, et me fit considérer de tout le monde.

« Comme je faisais ma cour au roi très exactement[2], il me dit un jour : « Sindbad, je t'aime, et je sais que tous mes sujets qui te connaissent te chérissent à mon exemple. J'ai une prière à te faire, et il faut que tu m'accordes ce que je vais te demander. — Sire, lui répondis-je, il n'y a rien que je ne sois prêt de faire pour marquer mon obéissance à Votre Majesté ; elle a sur moi un pouvoir absolu. — Je veux te marier, répliqua le roi, afin que le mariage t'arrête en mes États et que tu ne songes plus à ta patrie. » Comme je n'osais résister à la volonté du prince, il me donna pour femme une dame de sa cour, noble, belle, sage et riche. Après les cérémonies des noces, je m'établis chez la dame, avec laquelle je vécus quelque temps dans une union parfaite. Néanmoins je n'étais pas trop content de mon état. Mon dessein était de m'échapper à la première occasion et de retourner à Bagdad, dont mon établissement, tout avantageux qu'il était, ne pouvait me faire perdre le souvenir.

« J'étais dans ces sentiments, lorsque la femme d'un de mes voisins, avec lequel j'avais contracté une amitié fort étroite, tomba malade et mourut. J'allai chez lui pour le consoler ; et, le trouvant plongé dans la plus vive affliction : « Dieu vous conserve, lui dis-je en l'abordant, et vous donne une longue vie ! — Hélas ! me répondit-il, comment voulez-vous que j'obtienne la grâce que vous me souhaitez ? Je n'ai plus qu'une heure à vivre. — Oh !

1. **Les personnes les plus qualifiées de la ville :** les notables, les personnages les plus en vue.
2. **Exactement :** régulièrement.

repris-je, ne vous mettez pas dans l'esprit une pensée si funeste[1] ; j'espère que cela n'arrivera pas, et que j'aurai le plaisir de vous posséder[2] encore longtemps. — Je souhaite, répliqua-t-il, que votre vie soit de longue durée ; pour ce qui est de moi, mes affaires sont faites, et je vous apprends que l'on m'enterre aujourd'hui avec ma femme. Telle est la coutume que nos ancêtres ont établie dans cette île, et qu'ils ont inviolablement[3] gardée : le mari vivant est enterré avec la femme morte, et la femme vivante avec le mari mort. Rien ne peut me sauver ; tout le monde subit cette loi. »

« Dans le temps qu'il m'entretenait de cette étrange barbarie, dont la nouvelle m'effraya cruellement, les parents, les amis et les voisins arrivèrent en corps[4] pour assister aux funérailles. On revêtit le cadavre de la femme de ses habits les plus riches, comme au jour de ses noces, et on la para de tous ses joyaux[5].

« On l'enleva ensuite dans une bière[6] découverte, et le convoi se mit en marche. Le mari était à la tête du deuil et suivait le corps de sa femme. On prit le chemin d'une haute montagne ; et, lorsqu'on y fut arrivé, on leva une grosse pierre qui couvrait l'ouverture d'un puits profond, et l'on y descendit le cadavre, sans lui rien ôter de ses habillements[7] et de ses joyaux. Après cela, le mari embrassa ses parents et ses amis, et se laissa mettre dans une bière sans résistance, avec un pot d'eau et sept petits pains auprès de lui ; puis on le

1. **Funeste :** macabre.
2. **Posséder :** avoir comme ami.
3. **Inviolablement :** sans l'avoir jamais violée, considérée comme sacrée.
4. **En corps :** en groupe, en masse.
5. **Joyaux :** bijoux, parures précieuses.
6. **Bière :** cercueil.
7. **Habillements :** habits.

descendit de la même manière qu'on avait descendu sa femme. La montagne s'étendait en longueur et servait de bornes à la mer, et le puits était très profond. La cérémonie achevée, on remit la pierre sur l'ouverture.

« Il n'est pas besoin, Messeigneurs, de vous dire que je fus un fort triste témoin de ces funérailles. Toutes les autres personnes qui y assistèrent n'en parurent presque pas touchées, par l'habitude de voir souvent la même chose. Je ne pus m'empêcher de dire au roi ce que je pensais là-dessus. « Sire, lui dis-je, je ne saurais assez m'étonner de l'étrange coutume qu'on a dans vos États d'enterrer les vivants avec les morts. J'ai bien voyagé, j'ai fréquenté des gens d'une infinité de nations[1], et je n'ai jamais entendu parler d'une loi si cruelle. — Que veux-tu, Sindbad ? me répondit le roi ; c'est une loi commune, et j'y suis soumis moi-même : je serai enterré vivant avec la reine mon épouse, si elle meurt la première. — Mais, Sire, lui dis-je, oserais-je demander à Votre Majesté si les étrangers sont obligés d'observer[2] cette coutume ? — Sans doute, repartit le roi en souriant du motif[3] de ma question, ils n'en sont pas exceptés[4] lorsqu'ils sont mariés dans cette île. »

« Je m'en retournai tristement au logis avec cette réponse. La crainte que ma femme ne mourût la première et qu'on ne m'enterrât tout vivant avec elle me faisait faire des réflexions très mortifiantes[5]. Cependant, quel remède apporter à ce mal ? Il fallut

1. **Une infinité de nations :** une multitude de pays.
2. **Observer :** respecter et appliquer.
3. **Motif :** raison.
4. **Exceptés :** exemptés, dispersés.
5. **Mortifiantes :** douloureuses.

prendre patience, et m'en remettre à la volonté de Dieu. Néanmoins, je tremblais à la moindre indisposition que je voyais à ma femme ; mais, hélas ! j'eus bientôt la frayeur tout entière. Elle tomba véritablement malade, et mourut en peu de jours... »

Schéhérazade, à ces mots, mit fin à son discours pour cette nuit. Le lendemain, elle en reprit la suite de cette manière :

LXXXIe NUIT

« Jugez de ma douleur, poursuivit Sindbad : être enterré tout vif ne me paraissait pas une fin moins déplorable que celle d'être dévoré par des anthropophages ; il fallait pourtant en passer par là. Le roi, accompagné de toute sa cour, voulut honorer de sa présence le convoi ; et les personnes les plus considérables de la ville me firent aussi l'honneur d'assister à mon enterrement.

« Lorsque tout fut prêt pour la cérémonie, on posa le corps de ma femme dans une bière avec tous ses joyaux et ses plus magnifiques habits. On commença la marche. Comme second acteur de cette pitoyable tragédie, je suivais immédiatement la bière[1] de ma femme, les yeux baignés de larmes et déplorant mon malheureux destin. Avant que d'arriver à la montagne, je voulus faire une tentative sur l'esprit des spectateurs[2]. Je m'adressai au roi premièrement, ensuite à tous ceux qui se trouvèrent autour de moi ; et, m'inclinant devant eux jusqu'à terre pour baiser le bord de leur habit, je les

1. **Bière :** cercueil.
2. **Tentative sur l'esprit des spectateurs :** tentative pour émouvoir le public.

suppliais d'avoir compassion de moi[1]. « Considérez, disais-je, que je suis un étranger qui ne doit pas être soumis à une loi si rigoureuse, et que j'ai une autre femme[2] et des enfants dans mon pays. » J'eus beau prononcer ces paroles d'un air touchant, personne n'en fut attendri ; au contraire, on se hâta de descendre le corps de ma femme dans le puits, et l'on m'y descendit un moment après dans une autre bière découverte, avec un vase rempli d'eau et sept pains. Enfin, cette cérémonie si funeste[3] pour moi étant achevée, on remit la pierre sur l'ouverture du puits, nonobstant[4] l'excès de ma douleur et mes cris pitoyables.

« À mesure que j'approchais du fond, je découvrais, à la faveur du peu de lumière qui venait d'en haut, la disposition de ce lieu souterrain. C'était une grotte fort vaste, et qui pouvait bien avoir cinquante coudées de profondeur. Je sentis bientôt une puanteur insupportable, qui sortait d'une infinité de cadavres que je voyais à droite et à gauche ; je crus même entendre quelques-uns des derniers qu'on y avait descendus vifs[5] pousser les derniers soupirs. Néanmoins, lorsque je fus en bas, je sortis promptement de la bière et m'éloignai des cadavres en me bouchant le nez. Je me jetai par terre, où je demeurai longtemps plongé dans les pleurs. Alors, faisant réflexion sur mon triste sort : « Il est vrai, disais-je, que Dieu dispose de nous selon les

1. **Avoir compassion de moi :** avoir pitié de moi.
2. **J'ai une autre femme :** Sindbad était mahométan et les mahométans sont polygames (ils ont plusieurs femmes).
3. **Funeste :** macabre.
4. **Nonobstant :** en dépit de, malgré.
5. **Vifs :** vivants.

décrets[1] de sa providence[2] ; mais, pauvre Sindbad, n'est-ce pas par ta faute que tu te vois réduit à mourir d'une mort si étrange ? Plût à Dieu que tu eusses péri dans quelqu'un des naufrages dont tu es échappé ! tu n'aurais point à mourir d'un trépas si lent et si terrible en toutes ses circonstances. Mais tu te l'es attiré par ta maudite avarice. Ah ! malheureux ! ne devais-tu pas plutôt demeurer chez toi, et jouir tranquillement du fruit de tes travaux ! »

« Telles étaient les inutiles plaintes dont je faisais retentir la grotte en me frappant la tête et l'estomac de rage et de désespoir, et m'abandonnant tout entier aux pensées les plus désolantes. Néanmoins (vous le dirai-je ?) au lieu d'appeler la mort à mon secours, quelque misérable que je fusse, l'amour de la vie se fit encore sentir en moi, et me porta à prolonger mes jours. J'allai à tâtons, et en me bouchant le nez, prendre le pain et l'eau qui étaient dans ma bière, et j'en mangeai.

Quoique l'obscurité qui régnait dans la grotte fût si épaisse que l'on ne distinguait pas le jour d'avec la nuit, je ne laissai pas toutefois de retrouver ma bière ; et il me sembla que la grotte était plus spacieuse et plus remplie de cadavres qu'elle ne m'avait paru d'abord. Je vécus quelques jours de mon pain et de mon eau ; mais enfin, n'en ayant plus, je me préparai à mourir… »

Schéhérazade cessa de parler à ces derniers mots. La nuit suivante, elle reprit la parole en ces termes :

1. **Décrets :** décisions solennelles.
2. **Providence :** sage gouvernement de Dieu sur la création.

LXXXIIe NUIT

« Je n'attendais plus que la mort, continua Sindbad, lorsque j'entendis lever la pierre. On descendit un cadavre et une personne vivante. Le mort était un homme. Il est naturel de prendre des résolutions extrêmes dans les dernières extrémités. Dans le temps qu'on descendait la femme, je m'approchai de l'endroit où sa bière devait être posée ; et, quand je m'aperçus que l'on recouvrait l'ouverture du puits, je donnai sur la tête de la malheureuse deux ou trois grands coups d'un gros os dont je m'étais saisi. Elle en fut étourdie, ou plutôt je l'assommai[1], et, comme je ne faisais cette action inhumaine que pour profiter du pain et de l'eau qui étaient dans la bière, j'eus des provisions pour quelques jours. Au bout de ce temps-là, on descendit encore une femme morte et un homme vivant : je tuai l'homme de la même manière, et comme, par bonheur pour moi, il y eut alors une espèce de mortalité[2] dans la ville, je ne manquai pas de vivres en mettant toujours en œuvre la même industrie[3].

« Un jour que je venais d'expédier[4] encore une femme, j'entendis souffler et marcher. J'avançai du côté d'où partait le bruit ; j'ouïs souffler plus fort à mon approche, et il me parut entrevoir quelque chose qui prenait la fuite. Je suivis cette espèce d'ombre, qui s'arrêtait par reprises, et soufflait toujours en fuyant à

1. **Assommai :** abattis.
2. **Mortalité :** grand nombre de décès.
3. **Industrie :** stratagème.
4. **Expédier :** tuer.

mesure que j'en approchais. Je la poursuivis si longtemps, et j'allai si loin, que j'aperçus enfin une lumière qui ressemblait à une étoile. Je continuai de marcher vers cette lumière, la perdant quelquefois selon les obstacles qui me la cachaient, mais je la retrouvais toujours ; et, à la fin, je découvris qu'elle venait par une ouverture du rocher, assez large pour y passer.

« À cette découverte, je m'arrêtai quelque temps pour me remettre de l'émotion violente avec laquelle je venais de la faire ; puis, m'étant avancé jusqu'à l'ouverture, j'y passai, et me trouvai sur le bord de la mer. Imaginez-vous l'excès de ma joie. Il fut tel que j'eus de la peine à me persuader que ce n'était pas une imagination. Lorsque je fus convaincu que c'était une chose réelle, et que mes sens furent rétablis en leur assiette[1] ordinaire, je compris que la chose que j'avais ouïe souffler et que j'avais suivie était un animal sorti de la mer, qui avait coutume d'entrer dans la grotte pour s'y repaître[2] de corps morts.

J'examinai la montagne, et remarquai qu'elle était située entre la ville et la mer, sans communication par aucun chemin, parce qu'elle était tellement escarpée que la nature ne l'avait pas rendue praticable. Je me prosternai sur le rivage pour remercier Dieu de la grâce qu'il venait de me faire. Je rentrai ensuite dans la grotte pour aller prendre du pain, que je revins manger à la clarté du jour de meilleur appétit que je n'avais fait depuis que l'on m'avait enterré dans ce lieu ténébreux.

« J'y retournai encore et allai ramasser à tâtons dans les bières tous les diamants, les rubis, les perles,

1. **Assiette :** disposition, état.
2. **Se repaître :** se nourrir.

les bracelets d'or, et enfin toutes les riches étoffes que je trouvai sous ma main ; je portai tout cela sur le bord de la mer. J'en fis plusieurs ballots que je liai proprement avec des cordes qui avaient servi à descendre les bières, et dont il y avait une grande quantité. Je les laissai sur le rivage en attendant une bonne occasion, sans craindre que la pluie les gâtât, car alors ce n'en était pas la saison.

« Au bout de deux ou trois jours, j'aperçus un navire qui ne faisait que de sortir du port, et qui vint passer assez près de l'endroit où j'étais. Je fis signe de la toile de mon turban, et je criai de toute ma force pour me faire entendre. On m'entendit, et l'on détacha la chaloupe pour me venir prendre. À la demande que les matelots me firent, par quelle disgrâce je me trouvais en ce lieu, je répondis que je m'étais sauvé d'un naufrage depuis deux jours, avec les marchandises qu'ils voyaient. Heureusement pour moi, ces gens, sans examiner le lieu où j'étais et si ce que je leur disais était vraisemblable, se contentèrent, de ma réponse et m'emmenèrent avec mes ballots.

« Quand nous fûmes arrivés à bord, le capitaine, satisfait en lui-même du plaisir qu'il me faisait et occupé du commandement du navire, eut aussi la bonté de se payer du prétendu naufrage que je lui dis avoir fait. Je lui présentai quelques-unes de mes pierreries, mais il ne voulut pas les accepter.

« Nous passâmes devant plusieurs îles, et, entre autres, devant l'île des Cloches[1], éloignée de dix journées de celle de Serendib[2], par un vent ordinaire et

1. **L'île des Cloches :** ancien nom d'une île de l'Océan Indien.
2. **L'île de Serendib :** l'île de Ceylan, actuellement le Sri Lanka.

réglé, et de six journées de l'île de Kela[1], où nous abordâmes. Il y a des mines de plomb, des cannes d'Inde[2] et du camphre très excellent.

« Le roi de l'île de Kela est très riche, très puissant, et son autorité s'étend sur toute l'île des Cloches, qui a deux journées d'étendue, et dont les habitants sont encore si barbares qu'ils mangent la chair humaine. Après que nous eûmes fait un grand commerce dans cette île, nous remîmes à la voile et abordâmes à plusieurs autres ports. Enfin j'arrivai heureusement à Bagdad avec des richesses infinies, dont il est inutile de vous faire le détail. Pour rendre grâces à Dieu[3] des faveurs qu'il m'avait faites, je fis de grandes aumônes, tant pour l'entretien de plusieurs mosquées que pour la subsistance des pauvres, et me donnai tout entier à mes parents[4] et à mes amis, en me divertissant et en faisait bonne chère avec eux. »

Sindbad finit en cet endroit le récit de son quatrième voyage, qui causa encore plus d'admiration à ses auditeurs que les trois précédents. Il fit un nouveau présent de cent sequins à Hindbad, qu'il pria, comme les autres, de revenir le jour suivant, à la même heure, pour dîner chez lui et entendre le détail de son cinquième voyage. Hindbad et les autres conviés prirent congé de lui et se retirèrent. Le lendemain, lorsqu'ils furent tous rassemblés, ils se mirent à table, et, à la fin du repas, qui ne dura pas moins que les autres, Sindbad commença de cette sorte le récit de son cinquième voyage :

1. **L'île de Kela :** ou Kalah, port de commerce situé dans l'actuelle Malaisie.
2. **Des cannes d'Inde :** nom d'une fleur appelée aujourd'hui balisier ou canna.
3. **Rendre grâces à Dieu :** remercier Dieu.
4. **Me donnai tout entier à mes parents :** me consacrai à mes parents.

EXAMEN MÉTHODIQUE

QUATRIÈME VOYAGE DE SINDBAD

REPÈRES

1. La raison que Sindbad donne cette fois-ci pour justifier son nouveau départ est clairement énoncée. Indiquez-la. Quel autre nom donneriez-vous aujourd'hui à cette passion ?
2. En quoi son itinéraire diffère-t-il de celui des trois autres voyages précédents ?
3. Comment désigne-t-il les personnes rencontrées après le naufrage ? Quels sont les effets de l'herbe qu'on donne à manger à Sindbad et à ses compagnons ? Quel est le but des ravisseurs ? Comment, cette fois aussi, Sindbad survit-il à tous les autres voyageurs ?
4. En très peu de temps, Sindbad semble s'intégrer dans la nouvelle île qui l'a accueilli. Il y a même trouvé un nouveau métier et une nouvelle épouse. Qu'est-ce qui va perturber sa relation à ce pays qui semble être un pays de rêve ?

OBSERVATIONS

5. En quelle langue les hommes blancs qu'il rencontre parlent-ils ? Comment Sindbad réagit-il à cette découverte et pourquoi ?
6. Après avoir découvert une issue dans la grotte, Sindbad revient sur ses pas. Pour quoi faire ? Que pensez-vous de son attitude ?
7. Sur le chemin du retour, Sindbad reprend ses activités habituelles : commerce, négoce, voyage... Au récit de sa mésaventure, il ajoute la description détaillée des contrées qu'il traverse. Dans quel but ? Connaissez-vous d'autres récits de voyages ?

INTERPRÉTATIONS

8. Sindbad tue sans scrupules les autres enterrés vivants pour leur voler leur nourriture, il dépouille même les cadavres de leurs bijoux. Pourtant, dès son retour dans son pays, on le voit se plier à tous les devoirs de la religion (aumône pour les pauvres). Comment expliquer son attitude ?

9. Comment Sindbad réagit-il devant la coutume des « hommes blancs » (enterrer vivant le veuf ou la veuve à la mort de son conjoint) ? Cherche-t-il à en connaître les raisons ?

DE LA LECTURE À L'ÉCRITURE

10. Citer une coutume adoptée par un peuple donné et qui vous indigne. Expliquez pourquoi.

11. Quand on réside dans un pays étranger doit-on, selon vous, se conformer aux coutumes et aux lois locales ? Répondez en vous appuyant sur des exemples précis.

Cinquième voyage de Sindbad le marin

« Les plaisirs, dit-il, eurent encore assez de charmes pour effacer de ma mémoire toutes les peines et les maux que j'avais soufferts, sans pouvoir m'ôter l'envie de faire de nouveaux voyages. C'est pourquoi j'achetai des marchandises, je les fis emballer et charger sur des voitures, et je partis avec elles pour me rendre au premier port de mer. Là, pour ne pas dépendre d'un capitaine et pour avoir un navire à mon commandement, je me donnai le loisir d'en faire construire et équiper un à mes frais. Dès qu'il fut achevé, je le fis charger ; je m'embarquai dessus, et, comme je n'avais pas de quoi faire une charge entière, je reçus plusieurs marchands de différentes nations avec leurs marchandises.

« Nous fîmes voile au premier bon vent, et prîmes le large. Après une longue navigation, le premier endroit où nous abordâmes fut une île déserte, où nous trouvâmes l'œuf d'un roc[1] d'une grosseur pareille à celui dont vous m'avez entendu parler ; il renfermait un petit roc près d'éclore, dont le bec commençait à paraître… »

À ces mots, Schéhérazade se tut, parce que le jour se faisait déjà voir dans l'appartement du sultan des Indes. La nuit suivante, elle reprit son discours.

1. **Roc** : oiseau gigantesque décrit dans le Deuxième voyage de Sindbad. Voir ligne 67 à ligne 81 page 93.

LXXXIIIe NUIT

Sindbad le marin, dit-elle, continua de raconter son cinquième voyage :

« Les marchands, poursuivit-il, qui s'étaient embarqués sur mon navire, et qui avaient pris terre avec moi, cassèrent l'œuf à grands coups de hache, et firent une ouverture par où ils tirèrent le petit roc par morceaux, et le firent rôtir. Je les avais avertis sérieusement de ne pas toucher à l'œuf, mais ils ne voulurent pas m'écouter.

« Ils eurent à peine achevé le régal qu'ils venaient de se donner qu'il parut en l'air, assez loin de nous, deux gros nuages. Le capitaine, que j'avais pris à gages[1] pour conduire mon vaisseau, sachant par expérience ce que cela signifiait, s'écria que c'étaient le père et la père du petit roc ; et il nous pressa tous de nous rembarquer au plus vite, pour éviter le malheur qu'il prévoyait. Nous suivîmes son conseil avec empressement, et nous remîmes à la voile en diligence[2].

« Cependant les deux rocs approchèrent en poussant des cris effroyables, qu'ils redoublèrent quand ils eurent vu l'état où l'on avait mis l'œuf, et que leur petit n'y était plus. Dans le dessein de se venger, ils reprirent leur vol du côté d'où ils étaient venus, et disparurent quelque temps, pendant que nous fîmes force de voiles[3] pour nous éloigner et prévenir ce qui ne laissa pas de[4] nous arriver.

1. **Pris à gages :** engagé en échange d'un salaire.
2. **En diligence :** en précipitation.
3. **Nous fîmes force de voiles :** « faire force de voiles » signifie mettre au vent tout ce que l'on peut de voiles : nous déployâmes toutes nos voiles pour avancer le plus vite possible.
4. **Ne laissa pas de :** ne manqua pas de.

« Ils revinrent, et nous remarquâmes qu'ils tenaient entre leurs griffes chacun un morceau de rocher d'une grosseur énorme. Lorsqu'ils furent précisément au-dessus de mon vaisseau, ils s'arrêtèrent, et, se soutenant en l'air, l'un lâcha la pièce de rocher qu'il tenait ; mais, par l'adresse du timonier qui détourna le navire d'un coup de timon[1], elle ne tomba pas dessus ; elle tomba à côté, dans la mer, qui s'entrouvrit d'une manière que nous en vîmes presque le fond. L'autre oiseau, pour notre malheur, laissa tomber sa roche si juste au milieu du vaisseau qu'elle le rompit et le brisa en mille pièces. Les matelots et les passagers furent tous écrasés du coup, ou submergés. Je fus submergé moi-même ; mais, en revenant au-dessus de l'eau, j'eus le bonheur de me prendre à une pièce du débris. Ainsi, en m'aidant tantôt d'une main, tantôt de l'autre, sans me dessaisir de ce que je tenais, avec le vent et le courant qui m'étaient favorables, j'arrivai enfin à une île dont le rivage était fort escarpé. Je surmontai néanmoins cette difficulté, et me sauvai.

« Je m'assis sur l'herbe pour me remettre un peu de ma fatigue, après quoi je me levai et m'avançai dans l'île pour reconnaître le terrain. Il me sembla que j'étais dans un jardin délicieux : je voyais partout des arbres, les uns chargés de fruits verts et les autres de mûrs, et des ruisseaux d'une eau douce et claire qui faisaient d'agréables détours. Je mangeai de ces fruits, que je trouvai excellents, et je bus de cette eau qui m'invitait à boire.

1. **Timon** : barre de gouvernail du navire.

« La nuit venue, je me couchai sur l'herbe, dans un endroit assez commode ; mais je ne dormis pas une heure entière, et mon sommeil fut souvent interrompu par la frayeur de me voir seul dans un lieu si désert. Ainsi j'employai la meilleure partie de la nuit à me chagriner et à me reprocher l'imprudence que j'avais eue de n'être pas demeuré chez moi plutôt que d'avoir entrepris ce dernier voyage. Ces réflexions me menèrent si loin que je commençai à former un dessein[1] contre ma propre vie ; mais le jour, par sa lumière, dissipa[2] mon désespoir. Je me levai, et marchai entre les arbres, non sans quelque appréhension.

« Lorsque je fus un peu avant[3] dans l'île, j'aperçus un vieillard qui me parut fort cassé[4]. Il était assis sur le bord d'un ruisseau ; je m'imaginai d'abord que c'était quelqu'un qui avait fait naufrage comme moi. Je m'approchai de lui, je le saluai, et il me fit seulement une inclination de tête. Je lui demandai ce qu'il faisait là ; mais, au lieu de me répondre, il me fit signe de le charger sur mes épaules et de le passer[5] au-delà du ruisseau, en me faisant comprendre que c'était pour aller cueillir des fruits.

« Je crus qu'il avait besoin que je lui rendisse ce service ; c'est pourquoi, l'ayant chargé sur mon dos, je passai le ruisseau. « Descendez », lui dis-je alors, en me baissant pour faciliter sa descente. Mais, au lieu de se laisser aller à terre (j'en ris encore toutes les fois que j'y pense), ce vieillard qui m'avait paru

1. **Un dessein :** un projet.
2. **Dissipa :** fit disparaître.
3. **Lorsque je fus un peu avant :** lorsque je m'avançai.
4. **Cassé :** courbé, voûté.
5. **Le passer :** lui faire traverser, le transporter.

décrépit[1] passa légèrement autour de mon cou ses deux jambes, dont je vis que la peau ressemblait à celle d'une vache, et se mit à califourchon sur mes épaules, en me serrant si fortement la gorge qu'il semblait vouloir m'étrangler. La frayeur me saisit en ce moment, et je tombai évanoui... »

Schéhérazade fut obligée de s'arrêter à ces paroles, à cause du jour qui paraissait. Elle poursuivit ainsi cette histoire sur la fin de la nuit suivante :

LXXXIVe NUIT

« Nonobstant[2] mon évanouissement, dit Sindbad, l'incommode[3] vieillard demeura toujours attaché à mon col[4] ; il écarta seulement un peu les jambes pour me donner lieu[5] de revenir à moi. Lorsque j'eus repris mes esprits, il m'appuya fortement contre l'estomac un de ses pieds, et, de l'autre me frappant rudement le côté, il m'obligea de me relever malgré moi. Étant debout, il me fit marcher sous des arbres ; il me forçait de m'arrêter pour cueillir et manger les fruits que nous rencontrions. Il ne quittait point prise pendant le jour ; et, quand je voulais me reposer la nuit, il s'étendait par terre avec moi, toujours attaché à mon cou. Tous les matins, il ne manquait pas de me pousser pour m'éveiller ; ensuite il me faisait lever et marcher en me pressant de ses pieds. Représentez-

1. **Décrépit :** usé, vieux.
2. **Nonobstant :** en dépit de, malgré.
3. **Incommode :** encombrant.
4. **Col :** cou.
5. **Me donner lieu :** me donner l'occasion.

vous, Messeigneurs, la peine que j'avais de me voir chargé de ce fardeau sans pouvoir m'en défaire.

« Un jour que je trouvai en mon chemin plusieurs calebasses[1] sèches qui étaient tombées d'un arbre qui en portait, j'en pris une assez grosse, et, après l'avoir bien nettoyée, j'exprimai[2] dedans le jus de plusieurs grappes de raisin, fruit que l'île produisait en abondance, et que nous rencontrions à chaque pas. Lorsque j'en eus rempli la calebasse, je la posai dans un endroit où j'eus l'adresse[3] de me faire conduire par le vieillard plusieurs jours après. Là, je pris la calebasse, et, la portant à ma bouche, je bus d'un excellent vin qui me fit oublier pour quelque temps le chagrin mortel dont j'étais accablé. Cela me donna de la vigueur. J'en fus même si réjoui que je me mis à chanter et à sauter en marchant.

« Le vieillard, qui s'aperçut de l'effet que cette boisson avait produit en moi et que je le portais plus légèrement que de coutume, me fit signe de lui en donner à boire : je lui présentai la calebasse, il la prit, et, comme la liqueur lui parut agréable, il l'avala jusqu'à la dernière goutte. Il y en avait assez pour l'enivrer : aussi s'enivra-t-il, et bientôt, la fumée du vin[4] lui montant à la tête, il commença de chanter à sa manière et de se trémousser[5] sur mes épaules. Les secousses qu'il se donnait lui firent rendre[6] ce qu'il

1. **Calebasses :** fruits du calebassier qui, vidés et séchés, peuvent servir de récipient.
2. **J'exprimai :** je pressai.
3. **Adresse :** habileté.
4. **La fumée du vin :** les vapeurs alcoolisées du vin.
5. **Se trémousser :** s'agiter et remuer.
6. **Lui firent rendre :** le firent vomir.

avait dans l'estomac, et ses jambes se relâchèrent peu à peu ; de sorte que, voyant qu'il ne me serrait plus, je le jetai par terre, où il demeura sans mouvement. Alors je pris une très grosse pierre et lui en écrasai la tête.

Je sentis une grande joie de m'être délivré pour jamais[1] de ce maudit vieillard, et je marchai vers le bord de la mer, où je rencontrai des gens d'un navire qui venait de mouiller là pour faire de l'eau[2] et prendre en passant quelques rafraîchissements. Ils furent extrêmement étonnés de me voir et d'entendre le détail de mon aventure. « Vous étiez tombé, me dirent-ils, entre les mains du vieillard de la mer, et vous êtes le premier qu'il n'ait pas étranglé ; il n'a jamais abandonné ceux dont il s'était rendu maître qu'après les avoir étouffés ; et il a rendu cette île fameuse[3] par le nombre de personnes qu'il a tuées : les matelots et les marchands qui y descendaient n'osaient s'y avancer qu'en bonne compagnie. »

« Après m'avoir informé de ces choses, ils m'emmenèrent avec eux dans leur navire, dont le capitaine se fit un plaisir de me recevoir lorsqu'il apprit tout ce qui m'était arrivé. Il remit à la voile[4] ; et, après quelques jours de navigation, nous abordâmes au port d'une grande ville dont les maisons étaient bâties de bonnes pierres.

« Un des marchands du vaisseau, qui m'avait pris en amitié, m'obligea de l'accompagner, et me conduisit dans un logement destiné pour servir de

1. **Pour jamais :** à jamais.
2. **Faire de l'eau :** s'approvisionner en eau potable.
3. **Fameuse :** célèbre.
4. **Il remit à la voile :** il fit repartir le bateau.

retraite[1] aux marchands étrangers. Il me donna un grand sac ; ensuite, m'ayant recommandé à quelques gens de la ville qui avaient un sac comme moi, et les ayant priés de me mener avec eux ramasser du coco : « Allez, me dit-il, suivez-les, faites comme vous les verrez faire, et ne vous écartez pas d'eux, car vous mettriez votre vie en danger. » Il me donna des vivres pour la journée, et je partis avec ces gens.

« Nous arrivâmes à une grande forêt d'arbres extrêmement hauts et fort droits, et dont le tronc était si lisse qu'il n'était pas possible de s'y prendre pour monter jusqu'aux branches où était le fruit. Tous les arbres étaient des arbres de cocos[2], dont nous voulions abattre[3] le fruit et en remplir nos sacs. En entrant dans la forêt, nous vîmes un grand nombre de gros et de petits singes, qui prirent la fuite devant nous dès qu'ils nous aperçurent, et qui montèrent jusqu'au haut des arbres avec une agilité surprenante… »

Schéhérazade voulait poursuivre ; mais le jour qui paraissait l'en empêcha. La nuit suivante, elle reprit son discours de cette sorte :

LXXXVe NUIT

« Les marchands avec qui j'étais, continua Sindbad, ramassèrent des pierres et les jetèrent de toute leur force au haut des arbres contre les singes. Je suivis leur exemple, et je vis que les singes, instruits de[4] notre

1. **Retraite :** logement.
2. **Arbres de cocos :** cocotiers.
3. **Abattre :** faire tomber.
4. **Instruits de :** mis au courant de.

dessein, cueillaient les cocos avec ardeur, et nous les jetaient avec des gestes qui marquaient leur colère et leur animosité[1]. Nous ramassions les cocos, et nous jetions de temps en temps des pierres pour irriter les singes. Par cette ruse, nous remplissions nos sacs de ce fruit, qu'il nous eût été impossible d'avoir autrement.

« Lorsque nous en eûmes plein nos sacs, nous nous en retournâmes à la ville, où le marchand qui m'avait envoyé à la forêt me donna la valeur du sac de cocos que j'avais apporté.

« Continuez, me dit-il, et allez tous les jours faire la même chose jusqu'à ce que vous ayez gagné de quoi vous reconduire chez vous. » Je le remerciai du bon conseil qu'il me donnait ; et insensiblement[2] je fis un si grand amas de cocos que j'en avais pour une somme considérable.

Le vaisseau sur lequel j'étais venu avait fait voile avec des marchands qui l'avaient chargé de cocos qu'ils avaient achetés. J'attendis l'arrivée d'un autre qui aborda bientôt au port de la ville pour faire un pareil chargement. Je fis embarquer dessus tout le coco qui m'appartenait ; et, lorsqu'il fut prêt à partir, j'allai prendre congé du marchand à qui j'avais tant d'obligation[3]. Il ne put s'embarquer avec moi parce qu'il n'avait pas encore achevé ses affaires.

« Nous mîmes à la voile, et prîmes la route de l'île où le poivre croît en plus grande abondance. De là nous gagnâmes l'île de Comari[4], qui porte la meilleure

1. **Animosité :** haine, antipathie.
2. **Insensiblement :** d'une manière graduelle, petit à petit.
3. **Obligation :** reconnaissance, gratitude.
4. **L'île de Comari :** archipel des Comores.

espèce de bois d'aloès[1], et dont les habitants se sont fait une loi inviolable de ne pas boire de vin, ni de souffrir[2] aucun lieu de débauche[3]. J'échangeai mon coco en ces deux îles contre du poivre et du bois d'aloès, et me rendis, avec d'autres marchands, à la pêche des perles, où je pris des plongeurs à gages[4] pour mon compte. Ils m'en pêchèrent un grand nombre de très grosses et de très parfaites. Je me remis en mer avec joie sur un vaisseau qui arriva heureusement[5] à Balsora ; de là, je revins à Bagdad, où je fis de très grosses sommes d'argent du poivre, du bois d'aloès et des perles que j'avais apportés. Je distribuai en aumônes la dixième partie[6] de mon gain, de même qu'au retour de mes autres voyages, et je cherchai à me délasser de mes fatigues dans toutes sortes de divertissements. »

Ayant achevé ces paroles, Sindbad fit donner cent sequins à Hindbad, qui se retira avec tous les autres convives. Le lendemain, la même compagnie se trouva chez le riche Sindbad, qui, après l'avoir régalée comme les jours précédents, demanda audience, et fit le récit de son sixième voyage de la manière que je vais vous le raconter.

1. **Bois d'aloès :** bois qui fournit une résine amère employée comme purgatif et en teinturerie.
2. **Souffrir :** tolérer ou supporter.
3. **Lieu de débauche :** lieu où se pratiquent des actes contraires à la morale.
4. **Plongeurs à gages :** personnes que l'on charge d'une mission (ici, plonger pour rapporter des perles) contre un salaire.
5. **Heureusement :** sans problème, sans incident.
6. **La dixième partie :** un dixième, dix pour cent.

CINQUIÈME VOYAGE DE SINDBAD

REPÈRES

1. Quelle découverte Sindbad fait-il sur la première île qu'il visite ? Quelle autre aventure de Sindbad cela vous rappelle-t-il ?
2. Comment les oiseaux réagissent-ils à la mort de leur petit ?
3. À chaque voyage Sindbad achète de grosses quantités d'épices, de bois d'aloès, de camphre. Que savez-vous du commerce des épices durant le Moyen Âge ? Comment expliquer l'engouement des habitants de Bagdad pour ces produits ?
4. Sindbad dit avoir distribué en aumônes la « dixième partie » de son gain. Pourquoi ce chiffre ?

OBSERVATIONS

5. Après le naufrage, Sindbad échoue sur une île paisible et verdoyante. Relevez les termes qui la décrivent. Cette description vous semble-t-elle en harmonie avec l'aventure qui arrive à Sindbad ? Quel effet cela produit-il ?
6. Par quels termes Sindbad qualifie-t-il l'homme qu'il rencontre ?
7. Par quel moyen Sindbad échappe-t-il, encore une fois, au piège dans lequel il est tombé ? Quel produit parvient-il à fabriquer ? Quels en sont les effets ?

INTERPRÉTATIONS

8. Les plaisirs du retour effacent les souvenirs douloureux mais gardent intacte la véritable passion de Sindbad. Quelle est cette passion ? Croyez-vous que Sindbad soit un marin passionné par la mer et la navigation ? Qu'est-ce qui l'attire avant tout dans le voyage ?

9. Les habitants de la ville où arrive notre héros récoltent les noix de coco d'une manière étrange. Décrivez-la. Connaissez-vous d'autres situations où on utilise des animaux pour en capturer d'autres, ou encore pour récolter des fruits ?

DE LA LECTURE À L'ÉCRITURE

10. Donnez au « vieillard de la mer » un surnom qui lui convienne davantage.

11. Imaginez un autre stratagème pour se débarrasser de son emprise.

Sixième voyage de Sindbad le marin

« Messeigneurs, leur dit-il, vous êtes sans doute en peine de savoir comment, après avoir fait cinq naufrages et avoir essuyé[1] tant de périls, je pus me résoudre[2] encore à tenter la fortune et à chercher de nouvelles disgrâces[3]. J'en suis étonné moi-même quand j'y fais réflexion[4] ; et il fallait assurément que j'y fusse entraîné par mon étoile[5]. Quoi qu'il en soit, au bout d'une année de repos, je me préparai à faire un sixième voyage, malgré les prières de mes parents et de mes amis, qui firent tout ce qui leur fut possible pour me retenir.

Au lieu de prendre ma route par le golfe Persique, je passai encore une fois par plusieurs provinces de la Perse et des Indes, et j'arrivai à un port de mer où je m'embarquai sur un bon navire dont le capitaine était résolu[6] à faire une longue navigation. Elle fut très longue, à la vérité, mais en même temps si malheureuse que le capitaine et le pilote perdirent leur route, de manière qu'ils ignoraient où nous étions. Ils la reconnurent enfin ; mais nous n'eûmes pas sujet de nous en réjouir, tout ce que nous étions de passagers ; et nous fûmes un jour dans un étonnement extrême de voir le capitaine quitter son poste en poussant des cris.

1. **Essuyé** : enduré.
2. **Me résoudre** : me décider.
3. **Disgrâces** : malheurs, mésaventures.
4. **J'y fais réflexion** : j'y pense.
5. **Étoile** : destin.
6. **Résolu** : fermement déterminé.

Il jeta son turban par terre, s'arracha la barbe, et se frappa la tête comme un homme à qui le désespoir a troublé l'esprit. Nous lui demandâmes pourquoi il s'affligeait ainsi : "Je vous annonce, nous répondit-il, que nous sommes dans l'endroit de toute la mer le plus dangereux. Un courant très rapide emporte le navire, et nous allons tous périr dans moins d'un quart d'heure. Priez Dieu qu'il nous délivre de ce danger. Nous ne saurions en échapper s'il n'a pitié de nous." À ces mots, il ordonna de faire ranger les voiles ; mais les cordages se rompirent[1] dans la manœuvre, et le navire, sans qu'il fût possible d'y remédier, fut emporté par le courant au pied d'une montagne inaccessible, où il échoua et se brisa, de manière pourtant qu'en sauvant nos personnes, nous eûmes encore le temps de débarquer nos vivres et nos plus précieuses marchandises.

« Cela étant fait, le capitaine nous dit : "Dieu vient de faire ce qui lui a plu. Nous pouvons nous creuser ici chacun notre fosse, et nous dire le dernier adieu, car nous sommes dans un lieu si funeste[2] que personne de ceux qui y ont été jetés avant nous ne s'en est retourné chez soi." Ce discours nous jeta tous dans une affliction[3] mortelle, et nous nous embrassâmes les uns les autres les larmes aux yeux, en déplorant notre malheureux sort.

« La montagne au pied de laquelle nous étions faisait la côte d'une île fort longue et très vaste. Cette côte était toute couverte de débris de vaisseaux qui y

1. **Se rompirent :** se cassèrent.
2. **Funeste :** mortel, sinistre.
3. **Affliction :** détresse.

avaient fait naufrage, et par une infinité d'ossements qu'on y rencontrait d'espace en espace[1], et qui nous faisaient horreur, nous jugeâmes qu'il s'y était perdu bien du monde. C'est aussi une chose presque incroyable, que la quantité de marchandises et de richesses qui se présentaient à nos yeux de toutes parts. Tous ces objets ne servirent qu'à augmenter la désolation où nous étions. Au lieu que partout ailleurs les rivières sortent de leur lit pour se jeter dans la mer, tout au contraire une grosse rivière d'eau douce s'éloigne de la mer, et pénètre dans la côte au travers d'une grotte obscure dont l'ouverture est extrêmement haute et large. Ce qu'il y a de plus remarquable dans ce lieu, c'est que les pierres de la montagne sont de cristal, de rubis ou d'autres pierres précieuses. On y voit aussi la source d'une espèce de poix[2] ou de bitume[3] qui coule dans la mer, que les poissons avalent, et rendent ensuite changé en ambre[4] gris, que les vagues rejettent sur la grève, qui en est couverte. Il y croît aussi des arbres, dont la plupart sont de bois d'aloès, qui ne cèdent point en bonté à[5] à ceux de Comari.

« Pour achever la description de cet endroit, qu'on peut appeler un gouffre, puisque jamais rien n'en revient, il n'est pas possible que les navires puissent s'en écarter lorsqu'une fois ils s'en sont approchés à une certaine distance. S'ils y sont poussés par un vent

1. **D'espace en espace** : dans différents lieux, ça et là.
2. **Poix** : matière visqueuse à base de résine ou de goudron de bois.
3. **Bitume** : goudron.
4. **Ambre** : substance parfumée provenant des intestins des cachalots et qui, rejetée, flotte à la surface de l'eau.
5. **Qui ne cèdent point en bonté à** : qui n'ont rien à envier à, qui sont aussi bons que.

de mer, le vent et le courant les perdent ; et, s'ils s'y trouvent lorsque le vent de terre souffle, ce qui pourrait favoriser leur éloignement, la hauteur de la montagne l'arrête, et cause un calme qui laisse agir le courant qui les emporte contre la côte, où ils se brisent comme le nôtre y fut brisé. Pour surcroît de disgrâce[1], il n'est pas possible de gagner le sommet de la montagne et se sauver par aucun endroit.

« Nous demeurâmes sur le rivage comme des gens qui ont perdu l'esprit, et nous attendions la mort de jour en jour. D'abord nous avions partagé nos vivres également ; ainsi chacun vécut plus ou moins longtemps que les autres, selon son tempérament et suivant l'usage qu'il fit de ses provisions... »

Schéhérazade cessa de parler, voyant que le jour commençait à paraître. Le lendemain elle continua de cette sorte le récit du sixième voyage de Sindbad :

LXXXVIe NUIT

« Ceux qui moururent les premiers, poursuivit Sindbad, furent enterrés par les autres ; pour moi, je rendis les derniers devoirs[2] à tous mes compagnons ; et il ne faut pas s'en étonner : car, outre que j'avais mieux ménagé[3] qu'eux les provisions qui m'étaient tombées en partage, j'en avais encore en particulier d'autres dont je m'étais bien gardé de faire part à mes camarades. Néanmoins, lorsque j'enterrai le dernier,

1. **Pour surcroît de disgrâce :** pour comble de malheur.
2. **Je rendis les derniers devoirs :** je rendis les honneurs funèbres, je fis les funérailles.
3. **Ménagé :** économisé.

il me restait si peu de vivres que je jugeai que je ne pourrais pas aller loin ; de sorte que je creusai moi-même mon tombeau, résolu de me jeter dedans, puisque personne ne vivait pour m'enterrer. Je vous avouerai qu'en m'occupant de ce travail, je ne pus m'empêcher de me représenter que j'étais la cause de ma perte, et de me repentir[1] de m'être engagé dans ce dernier voyage. Je n'en demeurai pas même aux réflexions ; je m'ensanglantai les mains à belles dents, et peu s'en fallut que je ne hâtasse ma mort.

« Mais Dieu eut encore pitié de moi, et m'inspira la pensée d'aller jusqu'à la rivière qui se perdait sous la voûte de la grotte. Là, après avoir examiné la rivière avec beaucoup d'attention, je dis en moi-même : « Cette rivière qui se cache ainsi sous la terre en doit sortir par quelque endroit ; en construisant un radeau et m'abandonnant dessus au courant de l'eau, j'arriverai à une terre habitée, ou je périrai : si je péris, je n'aurai fait que changer de genre de mort ; si je sors au contraire de ce lieu fatal, non seulement j'éviterai la triste destinée de mes camarades, je trouverai peut-être une nouvelle occasion de m'enrichir. Que sait-on si la fortune ne m'attend pas au sortir de cet affreux écueil[2] pour me dédommager de mon naufrage avec usure[3] ?

« Je n'hésitai pas à travailler au radeau après ce raisonnement ; je le fis de bonnes pièces de bois et de gros câbles, car j'en avais à choisir[4] ; je les liai

1. **Me repentir** : regretter.
2. **Écueil** : rocher dangereux faisant obstacle ; piège.
3. **Dédommager […] avec usure** : gagner bien plus qu'on a perdu au départ.
4. **J'en avais à choisir** : j'en avais autant que je voulais.

ensemble si fortement que j'en fis un petit bâtiment assez solide. Quand il fut achevé, je le chargeai de quelques ballots de rubis, d'émeraudes, d'ambre gris, de cristal de roche[1] et d'étoffes précieuses. Ayant mis toutes ces choses en équilibre et les ayant bien attachées, je m'embarquai sur le radeau avec deux petites rames que je n'avais pas oublié de faire ; et, me laissant aller au cours de la rivière, je m'abandonnai à la volonté de Dieu.

« Sitôt que je fus sous la voûte, je ne vis plus de lumière, et le fil de l'eau m'entraîna sans que je pusse remarquer où il m'emportait. Je voguai quelques jours dans cette obscurité, sans jamais apercevoir le moindre rayon de lumière. Je trouvai une fois la voûte si basse qu'elle pensa me blesser à la tête[2], ce qui me rendit fort attentif à éviter un pareil danger. Pendant ce temps-là, je ne mangeais des vivres qui me restaient qu'autant qu'il en fallait naturellement pour soutenir ma vie[3]. Mais, avec quelque frugalité[4] que je pusse vivre, j'achevai de consumer[5] mes provisions. Alors, sans que je pusse m'en défendre, un doux sommeil vint saisir mes sens. Je ne puis vous dire si je dormis longtemps ; mais, en me réveillant, je me vis avec surprise dans une vaste campagne, au bord d'une rivière où mon radeau était attaché et au milieu d'un grand nombre de noirs. Je me levai dès que je les aperçus et je les saluai. Ils me parlèrent, mais je n'entendais pas leur langage.

1. **Cristal de roche** : minéral naturel transparent et dur, semblable à la glace.
2. **Elle pensa me blesser à la tête** : elle faillit me blesser à la tête.
3. **Soutenir ma vie** : survivre, me maintenir en vie.
4. **Frugalité** : simplicité, sobriété, ascétisme.
5. **Consumer** : venir à bout de.

« En ce moment, je me sentis si transporté de joie que je ne savais si je devais me croire éveillé. Étant persuadé que je ne dormais pas, je m'écriai, et récitai ces vers arabes :

Invoque la Toute-Puissance, elle viendra à ton secours : il n'est pas besoin que tu t'embarrasses d'autre chose. Ferme l'œil, et, pendant que tu dormiras, Dieu changera ta fortune de mal en bien.

« Un des noirs, qui entendait l'arabe, m'ayant ouï parler ainsi, s'avança et prit la parole : “Mon frère, me dit-il, ne soyez pas surpris de nous voir. Nous habitons la campagne que vous voyez, et nous sommes venus arroser aujourd'hui nos champs de l'eau de ce fleuve qui sort de la montagne voisine, en la détournant par de petits canaux. Nous avons remarqué que l'eau emportait quelque chose ; nous sommes vite accourus pour voir ce que c'était, et nous avons trouvé que c'était ce radeau ; aussitôt l'un de nous s'est jeté à la nage et l'a amené. Nous l'avons arrêté et attaché comme vous le voyez, et nous attendions que vous vous éveillassiez. Nous vous supplions de nous raconter votre histoire, qui doit être fort extraordinaire. Dites-nous comment vous vous êtes hasardé[1] sur cette eau, et d'où vous venez.” Je leur répondis qu'ils me donnassent premièrement à manger, et qu'après cela je satisferais leur curiosité.

« Ils me présentèrent plusieurs sortes de mets, et, quand j'eus contenté ma faim, je leur fis un rapport fidèle de tout ce qui m'était arrivé ; ce qu'ils parurent écouter avec admiration. Sitôt que j'eus fini mon

1. **Vous vous êtes hasardé :** vous vous êtes aventuré.

discours : “Voilà, me dirent-ils par la bouche de l’interprète qui leur avait expliqué ce que je venais de dire, voilà une histoire des plus surprenantes. Il faut que vous veniez en informer le roi vous-même : la chose est trop extraordinaire pour lui être rapportée par un autre que par celui à qui elle est arrivée.” Je leur repartis[1] que j’étais prêt à faire ce qu’ils voudraient.

« Les noirs envoyèrent aussitôt chercher un cheval que l’on amena peu de temps après. Ils me firent monter dessus ; et, pendant qu’une partie marcha devant moi pour me montrer le chemin, les autres, qui étaient les plus robustes, chargèrent sur leurs épaules le radeau tel qu’il était avec les ballots, et commencèrent à me suivre... »

Schéhérazade, à ces paroles, fut obligée d’en demeurer là, parce que le jour parut. Sur la fin de la nuit suivante, elle reprit le fil de sa narration, et parla dans ces termes :

LXXXVIIe NUIT

« Nous marchâmes tous ensemble, poursuivit Sindbad, jusques à la ville de Serendib[2] : car c’était dans cette île que je me trouvais. Les noirs me présentèrent à leur roi. Je m’approchai de son trône où il était assis, et le saluai comme on a coutume de saluer les rois des Indes, c’est-à-dire que je me prosternai à ses pieds et baisai la terre. Ce prince me fit relever, et, me recevant d’un air très obligeant[3], il me fit avancer et

1. **Je leur repartis** : je leur répondis.
2. **Serendib** : voir note 2 page 135.
3. **Air très obligeant** : air très aimable ; affable.

prendre place auprès de lui. Il me demanda premièrement comment je m'appelais : lui ayant répondu que je me nommais Sindbad, surnommé le Marin à cause de plusieurs voyages que j'avais faits par mer, j'ajoutai que j'étais citoyen de la ville de Bagdad. "Mais, reprit-il, comment vous trouvez-vous dans mes États, et par où y êtes-vous venu ?"

« Je ne cachai rien au roi, je lui fis le même récit que vous venez d'entendre ; et il en fut si surpris et si charmé qu'il commanda qu'on écrivît mon aventure en lettres d'or pour être conservée dans les archives[1] de son royaume. On apporta ensuite le radeau, et l'on ouvrit les ballots en sa présence. Il admira la quantité de bois d'aloès et d'ambre gris, mais surtout les rubis et les émeraudes, car il n'en avait point dans son trésor qui en approchassent[2].

« Remarquant qu'il considérait mes pierreries avec plaisir, et qu'il en examinait les plus singulières les unes après les autres, je me prosternai et pris la liberté de lui dire[3] : "Sire, ma personne n'est pas seulement au service de Votre Majesté, la charge du radeau est aussi à elle, et je la supplie d'en disposer comme d'un bien qui lui appartient." Il me dit en souriant : "Sindbad, je me garderai bien d'en avoir la moindre envie, ni de vous ôter rien de ce que Dieu vous a donné. Loin de[4] diminuer vos richesses, je prétends les augmenter, et je ne veux point que vous sortiez de mes États sans emporter avec vous des marques de

1. **Archives :** collection de pièces, titres, documents anciens.
2. **Qui en approchassent :** qui en soient équivalents.
3. **Pris la liberté de lui dire :** eus l'audace de lui dire.
4. **Loin de :** négation qui sert à exprimer le contraire de ce que l'on pourrait croire au premier abord.

ma libéralité[1]." Je ne répondis à ces paroles qu'en faisant des vœux pour la prospérité[2] du prince et qu'en louant[3] sa bonté et sa générosité. Il chargea un de ses officiers d'avoir soin de moi, et me fit donner des gens pour me servir à ses dépens[4]. Cet officier exécuta fidèlement les ordres de son maître, et fit transporter dans le logement où il me conduisit tous les ballots dont le radeau avait été chargé.

J'allais tous les jours, à certaines heures, faire ma cour au roi, et j'employais le reste du temps à voir la ville et ce qu'il y avait de plus digne de ma curiosité.

« L'île de Serendib est située justement sous la ligne équinoxiale[5] ; ainsi les jours et les nuits y sont toujours de douze heures, et elle a quatre-vingts parasanges[6] de longueur et autant de largeur. La ville capitale est située à l'extrémité d'une belle vallée, formée par une montagne qui est au milieu de l'île, et qui est bien la plus haute qu'il y ait au monde. En effet, on la découvre en mer de trois journées de navigation. On y trouve le rubis, plusieurs sortes de minéraux ; et tous les rochers sont, pour la plupart, d'émeri, qui est une pierre métallique dont on se sert pour tailler les pierreries. On y voit toutes sortes d'arbres et de plantes rares, surtout le cèdre et le coco. On pêche aussi les perles le long de ses rivages

1. **Des marques de ma libéralité :** des preuves de ma générosité.
2. **Vœux pour la prospérité :** souhaits de succès, de bonheur, de puissance et de richesse.
3. **Louant :** exaltant, vantant, admirant.
4. **À ses dépens :** à ses frais.
5. **Ligne équinoxiale :** équateur.
6. **Parasanges :** ancienne mesure persane de distance équivalente à plus d'une lieue.

et aux embouchures de ses rivières, et quelques-unes de ses vallées fournissent le diamant. Je fis aussi par dévotion[1] un voyage à la montagne, à l'endroit où Adam fut relégué[2] après avoir été banni[3] du paradis terrestre, et j'eus la curiosité de monter jusqu'au sommet.

« Lorsque je fus de retour dans la ville, je suppliai le roi de me permettre de retourner en mon pays ; ce qu'il m'accorda[4] d'une manière très obligeante et très honorable. Il m'obligea de recevoir un riche présent, qu'il fit tirer de son trésor, et, lorsque j'allai prendre congé de lui, il me chargea d'un autre présent bien plus considérable, et en même temps d'une lettre pour le Commandeur des croyants[5], notre souverain seigneur, en me disant : "Je vous prie de présenter de ma part ce régal[6] et cette lettre au calife Haroun al-Rachid, et de l'assurer de mon amitié." Je pris le présent et la lettre avec respect, en promettant à Sa Majesté d'exécuter ponctuellement[7] les ordres dont elle me faisait l'honneur de me charger. Avant que je m'embarquasse, ce prince envoya quérir[8] le capitaine et les marchands qui devaient s'embarquer avec moi, et leur ordonna d'avoir pour moi tous les égards imaginables[9].

1. **Dévotion :** ferveur, attachement sincère à la religion.
2. **Relégué :** exilé, placé en un endroit donné.
3. **Banni :** chassé.
4. **Ce qu'il m'accorda :** ce qu'il me donna l'autorisation de faire.
5. **Commandeur des croyants :** appelé aussi Prince des croyants, il s'agit du calife, mot arabe qui signifie « successeur du prophète » à la tête de la communauté des croyants.
6. **Régal :** cadeau.
7. **Ponctuellement :** soigneusement, méticuleusement.
8. **Quérir :** chercher.
9. **Tous les égards imaginables :** tous les soins et les attentions possibles.

« La lettre du roi de Serendib était écrite sur la peau d'un certain animal fort précieux à cause de sa rareté, et dont la couleur tire sur le jaune. Les caractères de cette lettre étaient d'azur[1], et voici ce qu'elle contenait en langue indienne :

Le roi des Indes, devant qui marchent mille éléphants, qui demeure dans un palais dont le toit brille de l'éclat de cent mille rubis, et qui possède en son trésor vingt mille couronnes enrichies de diamants, au calife Haroun-al-Raschid.

Quoique le présent que nous vous envoyons soit peu considérable, ne laissez pas[2] néanmoins de le recevoir en frère et en ami, en considération de l'amitié que nous conservons pour vous dans notre cœur, et dont nous sommes bien aise[3] de vous donner un témoignage. Nous vous demandons la même part dans la vôtre, attendu que[4] nous croyons le mériter, étant d'un rang égal à celui que vous tenez. Nous vous en conjurons en qualité de frère. Adieu.

« Le présent consistait premièrement en un vase d'un seul rubis, creusé et travaillé en coupe, d'un demi-pied de hauteur et d'un doigt d'épaisseur, rempli de perles très rondes, et toutes du poids d'une demi-drachme[5] ; secondement, en une peau de serpent qui avait des écailles grandes comme une

1. **D'azur :** de couleur bleue.
2. **Ne laissez pas :** n'hésitez pas.
3. **Bien aise :** contents.
4. **Attendu que :** vu que, puisque.
5. **Drachme :** unité de mesure de l'Antiquité grecque équivalant à 3,24 grammes.

pièce ordinaire de monnaie d'or, et dont la propriété était de préserver de maladie ceux qui couchaient dessus ; troisièmement, en cinquante mille drachmes de bois d'aloès le plus exquis, avec trente grains de camphre de la grosseur d'une pistache ; et, enfin, le tout était accompagné d'une esclave d'une beauté ravissante, et dont les habillements étaient couverts de pierreries.

« Le navire mit à la voile ; et, après une longue et très heureuse navigation, nous abordâmes à Balsora, d'où je me rendis à Bagdad. La première chose que je fis après mon arrivée fut de m'acquitter de la commission[1] dont j'étais chargé… »

Schéhérazade n'en dit pas davantage, à cause du jour qui se faisait voir. Le lendemain, elle reprit ainsi son discours :

LXXXVIIIe NUIT

« Je pris la lettre du roi de Serendib, continua Sindbad, et j'allai me présenter à la porte du Commandeur des croyants, suivi de la belle esclave et des personnes de ma famille[2] qui portaient les présents dont j'étais chargé. Je dis le sujet qui m'amenait, et aussitôt l'on me conduisit devant le trône du calife. Je lui fis la révérence en me prosternant, et, après lui avoir fait une harangue[3] très concise, je lui présentai la lettre et le présent. Lorsqu'il eut lu ce que lui mandait le roi de

1. **M'acquitter de la commission :** réaliser la mission.
2. **Ma famille :** désigne un groupe de personnes proches du narrateur.
3. **Harangue :** discours pompeux.

Serendib, il me demanda s'il était vrai que ce prince fût aussi puissant et aussi riche qu'il le marquait par sa lettre. Je me prosternai une seconde fois, et, après m'être relevé : “Commandeur des croyants, lui répondis-je, je puis assurer Votre Majesté qu'il n'exagère pas ses richesses et sa grandeur ; j'en suis témoin. Rien n'est plus capable de causer de l'admiration que la magnificence[1] de son palais. Lorsque ce prince veut paraître en public, on lui dresse un trône sur un éléphant où il s'assied, et il marche au milieu de deux files composées de ses ministres, de ses favoris et d'autres gens de sa cour. Devant lui, sur le même éléphant, un officier tient une lance d'or à la main, et derrière le trône un autre est debout, qui porte une colonne d'or au haut de laquelle est une émeraude longue d'environ un demi-pied et grosse d'un pouce.” Il est précédé d'une garde de mille hommes habillés de drap d'or et de soie et montés sur des éléphants richement caparaçonnés[2]. Pendant que le roi est en marche, l'officier qui est devant lui sur le même éléphant crie de temps en temps à haute voix :

Voici le grand monarque, le puissant et redoutable sultan[3] des Indes, dont le palais est couvert de cent mille rubis, et qui possède vingt mille couronnes de diamants ! Voici le monarque couronné, plus grand

1. **Magnificence** : somptuosité, splendeur.
2. **Caparaçonnés** : habillés de harnais d'ornement.
3. **Sultan** : souverain d'un État musulman.

que ne furent jamais le grand Solima[1] et le grand Mihrage[2] !

« Après qu'il a prononcé ces paroles, l'officier qui est derrière le trône crie à son tour :

Ce monarque si grand et si puissant doit mourir, doit mourir, doit mourir.

« L'officier de devant reprend et crie ensuite :

Louange à celui qui vit et ne meurt pas.

"D'ailleurs, le roi de Serendib est si juste qu'il n'y a pas de juges dans sa capitale, non plus que dans le reste de ses États : ses peuples n'en ont pas besoin. Ils savent et ils observent d'eux-mêmes exactement la justice[3], et ne s'écartent jamais de leur devoir. Ainsi les tribunaux et les magistrats[4] sont inutiles chez eux." Le calife fut fort satisfait de mon discours. "La sagesse de ce roi, dit-il, paraît en sa lettre, et, après ce que vous venez de me dire, il faut avouer que sa sagesse est digne de ses peuples, et ses peuples dignes d'elle." À ces mots, il me congédia[5] et me renvoya avec un riche présent…

Sindbad acheva de parler en cet endroit, et ses auditeurs se retirèrent ; mais Hindbad reçut auparavant cent sequins. Ils revinrent encore le jour suivant chez Sindbad, qui leur raconta son septième et dernier voyage dans ces termes :

1. **Solima :** le roi Salomon, prophète doué d'un grand pouvoir sur les bons et les mauvais génies.
2. **Mihrage :** roi des Indes très puissant et très sage.
3. **Observent […] la justice :** obéissent et respectent la justice.
4. **Magistrats :** hommes de loi, juges.
5. **Congédia :** donna congé.

EXAMEN MÉTHODIQUE

SIXIÈME VOYAGE DE SINDBAD

REPÈRES

1. Pourquoi Sindbad a-t-il du mal à justifier ce voyage ? De quelle étoile parle-t-il ? Que signifie l'expression « tenter la fortune » ?
2. Où le bateau se retrouve-t-il après avoir perdu sa route ? Pourquoi les naufragés se désolent-ils en voyant toutes ces richesses ?
3. Qu'est-ce qu'un arbre d'aloès ? À quoi sert-il d'ordinaire ?
4. À quel sentiment Sindbad est-il en proie en creusant sa propre tombe ?
5. Que signifie le verbe « entendre » dans ces expressions : « je n'entendais pas leur langage » ; « un des noirs qui entendait l'arabe » ? Que signifie l'expression « faire ma cour au roi » ?

OBSERVATIONS

6. Sindbad tente de trouver une solution. Songe-t-il uniquement à survivre ? De quoi s'encombre-t-il ?
7. Sindbad consacre tout un paragraphe à décrire l'île de Serendib (ou Ceylan). Quel nom porte-t-elle aujourd'hui ? Les informations qu'il fournit sur cette île sont-elles vraisemblables ?
8. Qui est le « commandeur des croyants » à qui Sindbad est chargé de remettre une lettre et un présent ? Que pensez-vous des questions qu'il pose à Sindbad sur le roi de Serendib ?

INTERPRÉTATIONS

9. Pourquoi le roi de Serendib commande-t-il d'écrire l'aventure de Sindbad en lettres d'or ? Pourquoi ne l'écrit-il pas lui-même ?

10. À votre avis, pourquoi l'officier crie-t-il : « Ce monarque si grand et si puissant doit mourir, doit mourir, doit mourir » ?

DE LA LECTURE À L'ÉCRITURE

11. Écrivez une histoire qui mérite à vos yeux d'être gardée dans la mémoire des humains.

12. Connaissez-vous des monarques antiques qui ont su faire graver leur souvenir et l'histoire de leur peuple. Lesquels ? Sur quels supports ont-ils écrit ?

Septième et dernier voyage de Sindbad le marin

« Au retour de mon sixième voyage, j'abandonnai absolument la pensée d'en faire jamais d'autres. Outre que j'étais dans un âge qui ne demandait plus que du repos, je m'étais bien promis de ne plus m'exposer aux périls que j'avais tant de fois courus. Ainsi je ne songeais qu'à passer doucement le reste de ma vie. Un jour que je régalais nombre d'amis, un de mes gens me vint avertir qu'un officier du calife me demandait. Je sortis de table et allai au-devant de lui. "Le calife, me dit-il, m'a chargé de venir vous dire qu'il veut vous parler." Je suivis au palais l'officier, qui me présenta à ce prince, que je saluai en me prosternant à ses pieds. "Sindbad, me dit-il, j'ai besoin de vous : il faut que vous me rendiez un service ; que vous alliez porter ma réponse et mes présents au roi de Serendib ; il est juste que je lui rende la civilité[1] qu'il m'a faite."

« Le commandement du calife fut un coup de foudre[2] pour moi. "Commandeur des croyants, lui dis-je, je suis prêt à exécuter tout ce que m'ordonnera Votre Majesté ; mais je la supplie très humblement de songer que je suis rebuté[3] des fatigues incroyables que j'ai souffertes. J'ai même fait vœu[4] de ne sortir jamais de Bagdad." De là je pris occasion[5] de lui faire un long

1. **Civilité :** courtoisie, politesse.
2. **Coup de foudre** : un grand choc, une surprise.
3. **Rebuté :** fatigué.
4. **Fait vœu :** pris l'engagement.
5. **Je pris occasion** : je profitai, je saisis l'occasion.

détail de toutes mes aventures, qu'il eut la patience d'écouter jusques à la fin. Dès que j'eus cessé de parler : "J'avoue, dit-il, que voilà des événements bien extraordinaires ; mais pourtant il ne faut pas qu'ils vous empêchent de faire pour l'amour de moi le voyage que je vous propose. Il ne s'agit que d'aller à l'île de Serendib, vous acquitter de la commission que je vous donne. Après cela, il vous sera libre de vous en revenir. Mais il faut y aller : car vous voyez bien qu'il ne serait pas de la bienséance[1] et de ma dignité d'être redevable au roi de cette île." Comme je vis que le calife exigeait cela de moi absolument, je lui témoignai que j'étais prêt à lui obéir. Il en eut beaucoup de joie, et me fit donner mille sequins pour les frais de mon voyage.

« Je me préparai en peu de jours à mon départ ; et, sitôt qu'on m'eut livré les présents du calife avec une lettre de sa propre main, je partis et pris la route de Balsora, où je m'embarquai. Ma navigation fut très heureuse ; j'arrivai à l'île de Serendib. Là, j'exposai aux ministres[2] la commission dont j'étais chargé, et les priai de me faire donner audience incessamment[3]. Ils n'y manquèrent pas. On me conduisit au palais avec honneur. J'y saluai le roi en me prosternant selon la coutume.

« Ce prince me reconnut d'abord, et me témoigna une joie toute particulière de me revoir. "Ah ! Sindbad ! me dit-il, soyez le bienvenu ! Je vous jure que j'ai songé à vous très souvent depuis votre départ.

1. **Il ne serait pas de la bienséance** : il serait indécent, incorrect.
2. **Ministres** : auxiliaires du roi.
3. **Incessamment** : rapidement.

Je bénis ce jour, puisque nous nous voyons encore une fois.” Je lui fis mon compliment, et, après l’avoir remercié de la bonté qu’il avait pour moi, je lui présentai la lettre et le présent du calife, qu’il reçut avec toutes les marques d’une grande satisfaction.

« Le calife lui envoyait un lit complet[1] de drap d’or, estimé mille sequins, cinquante robes d’une très riche étoffe, cent autres de toile blanche, la plus fine du Caire, de Suez[2], de Cufa[3] et d’Alexandrie ; un autre lit cramoisi[4], et un autre encore d’une autre façon ; un vase d’agate[5] plus large que profond, épais d’un doigt et ouvert d’un demi-pied, dont le fond représentait en bas-relief[6] un homme un genou en terre[7] qui tenait un arc avec une flèche, prêt à tirer contre un lion ; il lui envoyait enfin une riche table que l’on croyait, par tradition, venir du grand Salomon[8]. La lettre du calife était conçue en ces termes :

Salut, au nom du souverain guide du droit chemin, au puissant et heureux sultan, de la part d’Abdallah Haroun al-Rachid, que Dieu a placé dans le lieu d’honneur[9] après ses ancêtres d’heureuse mémoire.

1. **Lit complet :** tissus qui servent de parure au siège ou au trône du roi.
2. **Suez :** ville portuaire d’Égypte, sur la mer Rouge.
3. **Cufa :** ville d’Arabie non loin de Bagdad.
4. **Cramoisi :** mot d’origine arabe pour désigner la couleur rouge foncé, tirant sur le violet.
5. **Agate :** pierre précieuse.
6. **Bas-relief :** ouvrage de sculpture en faible saillie sur un fond uni.
7. **Genou en terre :** genou contre terre.
8. **Salomon :** voir note 1 page 165.
9. **Le lieu d’honneur :** lieu privilégié où séjournent les grands hommes après leur mort.

Nous avons reçu votre lettre avec joie, et nous vous envoyons celle-ci, émanée[1] *du conseil de notre Porte*[2]*, le jardin des esprits supérieurs. Nous espérons qu'en jetant les yeux dessus, vous connaîtrez notre bonne intention, et que vous l'aurez pour agréable*[3]*. Adieu.*

« Le roi de Serendib eut un grand plaisir de voir que le calife répondait à l'amitié qu'il lui avait témoignée. Peu de temps après cette audience, je sollicitai celle de mon congé, que je n'eus pas peu de peine à obtenir. Je l'obtins enfin, et le roi, en me congédiant, me fit un présent très considérable. Je me rembarquai aussitôt, dans le dessein de m'en retourner à Bagdad ; mais je n'eus pas le bonheur d'y arriver comme je l'espérais, et Dieu en disposa autrement.

« Trois ou quatre jours après notre départ, nous fûmes attaqués par des corsaires[4], qui eurent d'autant moins de peine à s'emparer de notre vaisseau qu'on n'y était nullement en état de se défendre. Quelques personnes de l'équipage voulurent faire résistance, mais il leur en coûta la vie ; pour moi et tous ceux qui eurent la prudence de ne pas s'opposer au dessein des corsaires, nous fûmes faits esclaves... »

Le jour qui paraissait imposa silence à Schéhérazade. Le lendemain elle reprit la suite de cette histoire.

1. **Émanée** [de] : provenant [de].
2. **Conseil de notre Porte :** conseil de la cour du calife.
3. **Vous l'aurez pour agréable :** elle vous sera agréable.
4. **Corsaires :** pirates au service d'un roi.

La cour du roi Serendib

LXXXIXe NUIT

Sire, dit-elle au Sultan des Indes, Sindbad, continuant de raconter les aventures de son dernier voyage :

« Après que les corsaires, poursuivit-il, nous eurent tous dépouillés[1] et qu'ils nous eurent donné de méchants habits[2] au lieu des nôtres, ils nous emmenèrent dans une grande île fort éloignée, où ils nous vendirent.

« Je tombai entre les mains d'un riche marchand, qui ne m'eut pas plutôt acheté qu'il me mena chez lui, où il me fit bien manger et habiller proprement en esclave. Quelques jours après, comme il ne s'était pas encore bien informé qui j'étais, il me demanda si je ne savais pas quelque métier. Je lui répondis, sans me faire mieux connaître, que je n'était pas un artisan, mais un marchand de profession, et que les corsaires qui m'avaient vendu m'avaient enlevé tout ce que j'avais. “Mais dites-moi, reprit-il, si vous ne pourriez pas tirer de l'arc[3]”. Je lui repartis que c'était un des exercices de ma jeunesse, et que je ne l'avais pas oublié depuis. Alors il me donna un arc et des flèches ; et, m'ayant fait monter derrière lui sur un éléphant, il me mena dans une forêt éloignée de la ville de quelques heures de chemin, et dont l'étendue était très vaste. Nous y entrâmes fort avant[4], et, lorsqu'il jugea à propos de s'arrêter, il me fit descendre. Ensuite, me montrant un grand arbre : “Montez sur cet arbre, me dit-il, et tirez sur les

1. **Dépouillés :** déshabillés.
2. **Méchants habits :** habits sans valeur, vêtements usés.
3. **Tirer de l'arc :** tirer à l'arc.
4. **Fort avant :** profondément.

éléphants que vous verrez passer : car il y en a une quantité prodigieuse dans cette forêt. S'il en tombe quelqu'un[1], venez m'en donner avis[2]." Après m'avoir dit cela, il me laissa des vivres, reprit le chemin de la ville, et je demeurai sur l'arbre à l'affût pendant toute la nuit.

« Je n'en aperçus aucun pendant tout ce temps-là ; mais le lendemain, d'abord que le soleil fut levé, j'en vis paraître un grand nombre. Je tirai dessus plusieurs flèches, et enfin il en tomba un par terre. Les autres se retirèrent aussitôt, et me laissèrent la liberté d'aller avertir mon patron de la chasse que je venais de faire. En faveur de cette nouvelle, il me régala d'un bon repas, loua mon adresse et me caressa[3] fort. Puis nous allâmes ensemble à la forêt où nous creusâmes une fosse dans laquelle nous enterrâmes l'éléphant que j'avais tué. Mon patron se proposait de revenir lorsque l'animal serait pourri et d'enlever les dents pour en faire commerce.

« Je continuai cette chasse pendant deux mois, et il ne se passait pas de jour que je ne tuasse un éléphant. Je ne me mettais pas toujours à l'affût[4] sur un même arbre, je me plaçais tantôt sur l'un et tantôt sur l'autre. Un matin que j'attendais l'arrivée des éléphants, je m'aperçus avec un extrême étonnement qu'au lieu de passer devant moi en traversant la forêt comme à l'ordinaire, ils s'arrêtèrent, et vinrent à moi avec un horrible bruit et en si grand nombre que la terre en était couverte et tremblait sous leurs pas. Ils

1. **Quelqu'un :** un.
2. **Venez m'en donner avis :** venez m'en informer.
3. **Me caressa :** me félicita.
4. **À l'affût :** aux aguets.

s'approchèrent de l'arbre où j'étais monté et l'environnèrent tous, la trompe étendue et les yeux attachés sur moi. À ce spectacle étonnant, je restai immobile, et saisi d'une telle frayeur que mon arc et mes flèches me tombèrent des mains.

« Je n'étais pas agité d'une crainte vaine. Après que les éléphants m'eurent regardé quelque temps, un des plus gros embrassa l'arbre par le bas avec sa trompe, et fit un si puissant effort qu'il le déracina et le renversa par terre. Je tombai avec l'arbre ; mais l'animal me prit avec sa trompe, et me chargea sur son dos, où je m'assis plus mort que vif avec le carquois[1] attaché à mes épaules. Il se mit ensuite à la tête de tous les autres qui le suivaient en troupe, et me porta jusqu'à un endroit, où m'ayant posé à terre, il se retira avec tous ceux qui l'accompagnaient. Concevez[2], s'il est possible, l'état où j'étais : je croyais plutôt dormir que veiller. Enfin, après avoir été quelque temps étendu sur la place, ne voyant plus d'éléphants, je me levai, et je remarquai que j'étais sur une colline assez longue et assez large, toute couverte d'ossements, et de dents d'éléphants. Je vous avoue que cet objet[3] me fit faire une infinité de réflexions. J'admirai l'instinct de ces animaux. Je ne doutai point que ce ne fût là leur cimetière, et qu'ils ne m'y eussent apporté exprès pour me l'enseigner, afin que je cessasse de les persécuter, puisque je le faisais dans la vue seule[4] d'avoir leurs dents. Je ne m'arrêtai pas sur la colline, je tournai mes

1. **Carquois :** étui à flèches.
2. **Concevez :** imaginez.
3. **Cet objet :** ce spectacle.
4. **Dans la vue seule :** dans l'unique but.

pas vers la ville ; et, après avoir marché un jour et une nuit, j'arrivai chez mon patron. Je ne rencontrai aucun éléphant sur ma route ; ce qui me fit connaître qu'ils s'étaient éloignés plus avant dans la forêt, pour laisser la liberté d'aller sans obstacle à la colline.

« Dès que mon patron m'aperçut : “Ah ! pauvre Sindbad ! me dit-il, j'étais dans une grande peine de savoir ce que tu pouvais être devenu. J'ai été à la forêt, j'y ai trouvé un arbre nouvellement déraciné, un arc et des flèches par terre, et, après t'avoir inutilement cherché, je désespérais de te revoir jamais. Raconte-moi, je te prie, ce qui t'est arrivé. Par quel bonheur es-tu encore en vie ?” Je satisfis sa curiosité ; et, le lendemain étant allés tous deux à la colline, il reconnut avec une extrême joie la vérité de ce que je lui avais dit. Nous chargeâmes l'éléphant sur lequel nous étions venus de tout ce qu'il pouvait porter de dents, et, lorsque nous fûmes de retour : “Mon frère, me dit-il (car je ne veux plus vous traiter en esclave, après le plaisir que vous venez de me faire par une découverte qui va m'enrichir), Dieu vous comble de toutes sortes de biens et de prospérités ! Je déclare devant lui que je vous donne la liberté. Je vous avais dissimulé ce que vous allez entendre : les éléphants de notre forêt nous font périr chaque année une infinité d'esclaves que nous envoyons chercher de l'ivoire. Quelques conseils que nous leur donnions, ils perdent tôt ou tard la vie par les ruses de ces animaux. Dieu vous a délivré de leur furie, et n'a fait cette grâce qu'à vous seul. C'est une marque[1] qu'il vous chérit, et qu'il a besoin de vous

1. **Une marque :** une preuve.

dans le monde pour le bien que vous y devez faire. Vous me procurez un avantage[1] incroyable : nous n'avons pu avoir d'ivoire jusqu'à présent qu'en exposant la vie de nos esclaves ; et voilà toute notre ville enrichie par votre moyen. Ne croyez pas que je prétende vous avoir assez récompensé par la liberté que vous venez de recevoir ; je veux ajouter à ce don des biens considérables. Je pourrais engager toute la ville à faire votre fortune, mais c'est une gloire que je veux avoir moi seul."

« À ce discours obligeant[2] je répondis : "Patron, Dieu vous conserve ! La liberté que vous m'accordez suffit pour vous acquitter[3] envers moi ; et, pour toute récompense du service que j'ai eu le bonheur de vous rendre à vous et à votre ville, je ne vous demande que la permission de retourner en mon pays. — Hé bien ! répliqua-t-il, le moçon[4] nous amènera bientôt des navires qui viendront charger de l'ivoire. Je vous renverrai alors, et vous donnerai de quoi vous conduire chez vous." Je le remerciai de nouveau de la liberté qu'il venait de me donner et des bonnes intentions qu'il avait pour moi. Je demeurai chez lui en attendant le moçon ; et, pendant ce temps-là, nous fîmes tant de voyages à la colline que nous remplîmes ses magasins d'ivoire. Tous les marchands de la ville qui en négociaient firent la même chose : car cela ne leur fut pas longtemps caché. »

1. **Avantage :** bien, atout, gain.
2. **Obligeant :** aimable.
3. **Acquitter :** libérer d'une dette ou d'une obligation.
4. **Le moçon :** ou mousson ; vent de la mer des Indes qui donne son nom à la saison de la mousson, pendant laquelle il souffle.

À ces paroles, Schéhérazade, apercevant la pointe du jour, cessa de poursuivre son discours. Elle le reprit la nuit suivante, et dit au sultan des Indes :

XC^e NUIT

Sire, Sindbad, continuant le récit de son septième voyage :

« Les navires, dit-il, arrivèrent enfin ; et mon patron, ayant choisi lui-même celui sur lequel je devais m'embarquer, le chargea d'ivoire à demi pour mon compte. Il n'oublia pas d'y faire mettre aussi des provisions en abondance pour mon passage[1] ; et, de plus, il m'obligea d'accepter des régals de grand prix, des curiosités du pays. Après que je l'eus remercié autant qu'il me fut possible de tous les bienfaits que j'avais reçus de lui, je m'embarquai. Nous mîmes à la voile ; et, comme l'aventure qui m'avait procuré la liberté était fort extraordinaire, j'en avais toujours l'esprit occupé.

« Nous nous arrêtâmes dans quelques îles pour y prendre des rafraîchissements. Notre vaisseau étant parti d'un port de terre ferme des Indes, nous y allâmes aborder ; et là, pour éviter les dangers de la mer jusqu'à Balsora, je fis débarquer l'ivoire qui m'appartenait, résolu de continuer mon voyage par terre. Je tirai de mon ivoire une grosse somme d'argent ; j'en achetai plusieurs choses rares pour en faire des présents, et, quand mon équipage fut prêt, je

1. **Mon passage :** mon voyage.

me joignis à une grosse caravane[1] de marchands. Je demeurai longtemps en chemin, et je souffris beaucoup ; mais je souffrais avec patience, en faisant réflexion[2] que je n'avais plus à craindre ni les tempêtes, ni les corsaires, ni les serpents, ni tous les autres périls que j'avais courus.

« Toutes ces fatigues finirent enfin : j'arrivai heureusement à Bagdad. J'allai d'abord me présenter au calife, et lui rendre compte de mon ambassade[3]. Ce prince me dit que la longueur de mon voyage lui avait causé de l'inquiétude ; mais qu'il avait pourtant toujours espéré que Dieu ne m'abandonnerait point. Quand je lui appris l'aventure des éléphants, il en parut fort surpris ; et il aurait refusé d'y ajouter foi[4] si ma sincérité ne lui eût pas été connue. Il trouva cette histoire et les autres que je lui racontai si curieuses qu'il chargea un de ses secrétaires de les écrire en caractères d'or, pour être conservées dans son trésor. Je me retirai très content de l'honneur et des présents qu'il me fit ; puis je me donnai tout entier à ma famille, à mes parents et à mes amis. »

Ce fut ainsi que Sindbad acheva le récit de son septième et dernier voyage ; et, s'adressant ensuite à Hindbad : « Hé bien ! mon ami, ajouta-t-il, avez-vous jamais ouï dire que quelqu'un ait souffert autant que moi, ou qu'aucun mortel se soit trouvé dans des

1. **Caravane :** groupe de voyageurs réunis pour franchir une contrée désertique ou peu sûre.
2. **En faisant réflexion :** en pensant.
3. **Mon ambassade :** ma mission auprès du roi.
4. **Y ajouter foi :** le croire.

embarras si pressants[1] ? N'est-il pas juste qu'après tant de travaux je jouisse d'une vie agréable et tranquille ? » Comme il achevait ces mots, Hindbad s'approcha de lui, et dit en lui baisant la main : « Il faut avouer, Seigneur, que vous avez essuyé d'effroyables périls ; mes peines ne sont pas comparables aux vôtres. Si elles m'affligent dans le temps que je les souffre, je m'en console par le petit profit que j'en tire. Vous méritez non seulement une vie tranquille, vous êtes digne encore de tous les biens que vous possédez, puisque vous en faites un si bon usage et que vous êtes si généreux. Continuez donc de vivre dans la joie jusqu'à l'heure de votre mort. »

Sindbad lui fit donner encore cent sequins, le reçut au nombre de ses amis, lui dit de quitter sa profession de porteur, et de continuer de venir manger chez lui ; qu'il aurait lieu de se souvenir toute sa vie de Sindbad le Marin.

Schéhérazade, voyant qu'il n'était pas encore jour, continua de parler, et commença une autre histoire.

1. **Embarras pressants :** problèmes et difficultés aigus.

SEPTIÈME VOYAGE DE SINDBAD

REPÈRES

1. Sindbad comptait-il partir une septième fois en voyage ? Pour quelle raison ? Obéit-il immédiatement aux ordres du calife ? De quoi est composé le présent du calife ? Pourquoi le calife tient-il à envoyer un présent au roi de Serendib ? En quoi consiste ce cadeau ? Que signifie « cramoisi » ? Qui est le grand Salomon ? Dans quel grand texte apparaît-il ? Qu'est-ce qu'un bas-relief ?
2. Qu'est-ce qu'un corsaire ? De quoi vivent-ils ? Quelle différence y a-t-il entre un corsaire et un pirate ?
Qu'arrive-t-il à Sindbad capturé par les corsaires ? Cette situation était-elle courante à l'époque ?
3. À quoi sert l'ivoire ?

OBSERVATIONS

4. Par quels termes Sindbad rend-il compte de ses impressions face aux éléphants qui l'encerclent ?
5. Comment Sindbad, assagi par les épreuves de ses nombreux périples en mer, décide-t-il de rentrer à Bagdad ? Qu'en pensez-vous ?
6. Quels sont, d'après les sept voyages de Sindbad, les dangers du voyage en mer ?

INTERPRÉTATIONS

7. Où le grand éléphant emmène-t-il Sindbad ? Que cherche-t-il à lui faire comprendre ? À votre avis, Sindbad a-t-il bien compris le message ?

8. Comment le calife marque-t-il son intérêt pour le récit de Sindbad ? Comparez avec le voyage précédent.
9. Pourquoi à votre avis les voyages de Sindbad sont-ils au nombre de sept ? Que savez-vous du sens de ce chiffre pour différentes civilisations depuis l'Antiquité ? Citez des expressions françaises qui contiennent le chiffre sept et commentez-les.

DE LA LECTURE À L'ÉCRITURE

10. La chasse aux éléphants est ancienne, comme le montre le récit de Sindbad. Donnez votre avis sur cette pratique, qui continue de nos jours, et justifiez-le.
11. Présentez un portrait physique et moral de Sindbad d'après le récit de ses sept voyages.

Comment lire l'œuvre

L'action

L'action du récit-cadre

Il semble difficile de résumer l'action des *Mille et Une Nuits*, recueil qui contient justement une pluralité de récits différents les uns des autres. Seule l'intrigue du récit-cadre qui contient tous les autres est facile à décrire : l'héroïne, Schéhérazade, est menacée de mort par le roi Schahriar, mais grâce à son intelligence et à ses talents de conteuse, elle parvient à triompher de la haine qu'il voue aux femmes et à devenir reine à ses côtés.

Entre le début et la fin des *Mille et Une Nuits* se produit donc, grâce aux qualités propres à l'héroïne, un spectaculaire retournement de situation. Promise à la mort dans ce qu'on a coutume d'appeler, en étudiant un conte, la « situation initiale » du récit, Schéhérazade franchit avec succès mille et une étapes dans sa lutte contre la puissance du roi, étapes que l'on appelle couramment des « séquences du récit ». Son triomphe est particulièrement éclatant dans la « situation finale ». En effet, elle ne se contente pas de vaincre ou d'éliminer son principal « opposant », c'est-à-dire, dans le langage propre à l'étude littéraire des contes, celui des personnages qui incarne la force hostile qui s'oppose à son bonheur.

Bien plus, elle transforme cet « opposant » en « adjuvant », c'est-à-dire que le même personnage qui représentait pour elle le plus grand des dangers devient son principal allié et la source de son bonheur : un époux aimant et le père de ses enfants. C'est en cela que le récit-cadre des *Mille et Une Nuits* est bien un conte merveilleux, dont le dénouement n'est pas sans rappeler celui du célèbre conte occidental *La Belle et la Bête*, dans lequel l'amour de la jeune héroïne pour le terrible monstre auquel elle a été mariée finit par le transformer en un beau prince charmant.

Des actions multiples

Les multiples contes qui permettent chaque nuit à Schéhérazade de retarder le moment de sa mort mettent en scène de très nombreux acteurs participant à une multitude d'intrigues et d'actions. Pourtant, un regard attentif reconnaîtra dans chacun des récits constitutifs des *Nuits* les traits caractéristiques du conte en général et du conte merveilleux en particulier.

L'action s'y déroule en effet comme dans la plupart des contes merveilleux de tous les pays : le personnage principal semble agir selon un schéma déterminé à l'avance. Il doit passer d'une situation initiale à une situation finale bien plus heureuse, selon des principes et un fonctionnement que l'on peut finalement retrouver dans tous les contes. Le héros est pris entre deux forces : une force hostile, représentée par tout ce qui peut contrarier le bonheur qu'il recherche (mauvaise pêche pour le pêcheur, les naufrages pour Sindbad, sa rencontre avec le monstre anthropophage, son séjour dans le cimetière…) ; une force amicale, qui l'aide à parvenir à ses fins (les personnages et les peuples qui aideront Sindbad, mais aussi l'intelligence et la ruse qui conduiront Sindbad, ou encore le pêcheur, à leur succès final). Le héros du conte, et particulièrement du conte merveilleux, semble évoluer dans un espace séparé de l'espace réel et dans une temporalité autre, qui caractérisent justement l'univers du conte. Ainsi, la formule « Il était une fois », qui introduit la plupart des contes, nous fait entrer dans le domaine merveilleux et rend les actions menées par le héros et les autres personnages ou forces du conte plausibles et crédibles pour le lecteur le temps du conte.

Cette formule introduit le héros, lui aussi, dans un monde qu'il devra parcourir en luttant contre des forces hostiles (le génie buté et méchant pour le pêcheur, les monstres, les corsaires, les animaux féroces, les cannibales, la fureur des flots pour Sindbad…). Mais le lecteur sait bien que le héros sera toujours secouru par des forces bénéfiques, on dit encore « adjuvantes », qui lui permettront de sortir vainqueur des périls qu'il traverse. Ces forces bénéfiques sont aussi variées que les forces hostiles et menaçantes : ainsi, Sindbad, même quand la situation semble désespérée, sera sauvé soit par ses propres ressources (ruse, intelligence, audace, hardiesse), soit par d'autres personnages, soit enfin par la chance et le hasard.

Les personnages

Schéhérazade

Fille aînée du grand vizir du roi (voir ci-dessous « Les vizirs »), elle insiste auprès de son père pour être à son tour mariée au roi Schahriar, alors qu'elle sait bien que celui-ci, pour se venger d'avoir été trompé par sa première femme, fait exécuter au lendemain de la nuit de noces toutes les jeunes filles qu'il épouse.

Schéhérazade va rompre le cercle infernal et sauver toutes les jeunes filles du royaume. Elle use d'un stratagème qui consiste à raconter au roi une histoire qu'elle interrompt à l'aube, en promettant de raconter la suite la nuit suivante. Ainsi, à la surprise générale, le roi ne la tuera pas, ni le premier jour ni les jours suivants. En effet, Schéhérazade réussira à maintenir la curiosité du roi en éveil pendant mille et une nuits, au terme desquelles il découvrira son amour pour la brillante conteuse et le bonheur d'être père.

Schéhérazade a toujours intrigué les critiques par la hardiesse de son stratagème, l'ampleur de son savoir sur les êtres humains et sur le monde, connaissances qu'elle transmet au roi par ses contes, dont la source semble intarissable.

Par son courage, sa confiance en elle et sa finesse d'esprit, elle réussit à guérir le roi de sa haine absurde vis-à-vis des femmes et à lui faire, à nouveau, connaître l'amour.

Elle réhabilite les femmes à ses yeux en s'imposant comme amante, épouse et mère capable de réaliser des miracles grâce à sa parole apaisante et salvatrice, très critique sans en avoir l'air.

Schahriar

Roi absolu ou « sultan » du royaume, il détient tous les pouvoirs. Les récits de Schéhérazade sont autant de preuves de son humanité et de sa générosité envers un roi tellement blessé dans sa fierté par la trahison de sa femme qu'il ne sait plus vivre sans semer la terreur autour de lui. Schahriar dit en vouloir aux femmes dans leur ensemble ; sans doute s'en veut-il surtout, secrètement, à lui-même, de n'avoir pas su inspirer assez d'amour à son épouse, qui lui a préféré d'autres hommes, malgré tout son pouvoir. Les contes de Schéhérazade vont rendre au roi sa confiance en lui-même et dans les femmes.

La succession des récits et la multitude des situations qui rappellent, chacune à sa manière, le drame du roi, fonctionnent comme une thérapie pour le monarque blessé. Ces récits ont pour le roi une valeur éducative : il s'agit d'une initiation, au terme de laquelle le roi gagne enfin en maturité et en sagesse.

Dinarzade

Sœur cadette de Schéhérazade et compagne de ses nuits, Dinarzade participe activement au stratagème de Schéhérazade. C'est elle qui demande à sa sœur de raconter toujours de nouveaux contes, renforçant ainsi la curiosité du roi. C'est encore elle qui permet au roi d'accéder à une autre vision de la femme, qui n'est pas seulement objet de désir et de plaisir charnels. D'un côté, elle montre au roi le visage d'une petite fille innocente, de l'autre, elle met en valeur un aspect de la personnalité de Schéhérazade, que le roi découvre tendre et attentionnée envers sa petite sœur. Par sa présence entre Schéhérazade et le roi, Dinarzade crée la distance nécessaire pour que ce dernier ne se sente pas menacé par une confrontation trop directe avec une femme.

Le pêcheur

Il incarne la condition humaine malheureuse et sa fragilité face au pouvoir illimité des génies, du destin et des rois tout-puissants. Le pêcheur est l'archétype même des héros de contes : pauvre et accablé par le destin, il va traverser une épreuve. Cette difficulté exacerbe son amertume, mais lui offre finalement la possibilité de connaître une vie meilleure, grâce au pouvoir magique du méchant génie, enfin touché par les bonnes paroles du pêcheur.

Le génie

Être doté de pouvoirs surnaturels, mais stupide et buté, le génie, aussi puissant qu'il soit, est finalement ridiculisé par un simple être humain, qui n'a que sa raison et son courage pour se défendre contre les puissants de ce monde.

Sindbad

Devenu emblème d'une vie d'aventures et de voyages, Sindbad est loin d'être un personnage banal et simple. Fils d'une famille riche, il dilapide son héritage dans les débauches de sa jeunesse. Plus tard, il se ressaisit pour servir un idéal prôné par son père et attribué par lui au roi Salomon, grand personnage de la Bible et prophète pour les musulmans : « Je considérai encore que c'était la dernière et la plus déplorable de toutes les misères que d'être pauvre dans la vieillesse. Je me souvins de ces paroles du grand Salomon, que j'avais autrefois ouï dire à mon père : “Il est moins fâcheux d'être dans le tombeau que dans la pauvreté.” »

Pour reconstituer sa fortune perdue, Sindbad part donc faire du commerce par voie maritime et encourt beaucoup de dangers pour en revenir de ses expéditions plus riche qu'il ne l'avait jamais été.

Racontant ses voyages, Sindbad se révèle fin psychologue : il sait faire accepter sa condition d'homme riche à ses convives, et particulièrement à Hindbad, qui semble être son antithèse absolue.

Il est bien le fils de son époque, où l'on peut faire fortune en commerçant avec la Chine et l'Inde. Il plaide pour une certaine vision du monde, appelant à l'aventure et à la conquête des terres et des richesses inconnues au lieu de passer sa vie entière au même endroit, dans la misère et l'ennui, en se plaignant de la fatalité. En cela il se présente donc comme l'opposé, le contraire absolu de Hindbad (que l'on appelle d'ailleurs dans certaines versions des *Mille et Une Nuits* « Sindbad le terrien »).

Audacieux, entreprenant et surtout plein de ruse et de malice, Sindbad sait aussi être égoïste (à ses compagnons de naufrage affamés, il cache l'existence de ses propres provisions, amoral (il n'hésite pas à tuer les gens pour leur voler leur nourriture, ou à dépouiller des morts de leurs bijoux pour les revendre et s'enrichir). En bref, Sindbad se permet tout en vue d'assurer sa propre survie, illustrant parfaitement notre proverbe : « La fin justifie les moyens. »

C'est son retour au pays qui marque pour lui et pour ceux qui l'écoutent ou le lisent un retour aux prescriptions de sa religion : il se met à faire l'aumône aux pauvres, avant même de profiter de la fortune amassée grâce au voyage. Comme si faire l'aumône rendait légale aux yeux de Dieu et à ses propres yeux sa fortune parfois mal acquise.

L'instinct de survie qui anime Sindbad et son désir de vivre attirent l'attention : en dépit de tous les malheurs qui le frappent, il continue à se battre pour vivre, à repartir pour l'aventure, et surtout à apprécier les plaisirs de la vie.

Les rois

Plusieurs contes mettent en scène des rois, qui sont nombreux dans *Les Mille et Une Nuits*. Ils sont tantôt présentés comme des monarques justes, aimés de leurs sujets (Schahriar, son frère Schahzamen, les différents rois que Sindbad rencontre au cours de ses voyages...), tantôt comme des despotes à la fois injustes et faibles (le même Schahriar envers les femmes, ou encore le roi grec manipulé par son vizir envieux et vil).

Les vizirs

Le mot « vizir » vient de l'arabe *wazir*, qui signifie « ministre ». Le grand vizir est donc en quelque sorte le Premier ministre, ou le premier conseiller du roi. Cependant, il faut noter que leur liberté d'action est très restreinte, puisque le roi est le maître absolu de tout le royaume et possède un droit de vie ou de mort sur chacun de ses sujets, y compris sur son vizir !
Dans *Les Mille et Une Nuits*, le bon vizir est d'abord celui qui se montre loyal et obéissant envers son souverain, comme celui qui reçoit les poissons du pêcheur, ou encore comme le père de Schéhérazade. D'autres sont vils et perfides, et profitent du pouvoir qu'ils possèdent pour perdre d'autres personnes auprès du roi, comme le vizir du roi grec qui pousse le souverain à tuer sans raison le médecin dont il est jaloux. Certains enfin sont victimes de l'humeur de leur roi et finissent exécutés, comme c'est le cas dans l'histoire du vizir puni.

Les Mille et Une Nuits

Une œuvre populaire et savante

Les Mille et Une Nuits offrent à leur auditeur ou à leur lecteur bien plus qu'une simple collection de contes destinés à agrémenter les « veillées oisives » de l'Orient. Sous une forme apparemment simple, et même parfois naïve, ils proposent aussi à ceux qui se laissent captiver par leur lecture, ou qui acceptent de les écouter, plusieurs niveaux de sens, du plus évident au plus subtil. Outre le plaisir toujours renouvelé du conte, outre le pur divertissement, la tradition orale qui nous a transmis à travers les siècles *Les Mille et Une Nuits* avait aussi pour but d'instruire sans le lasser un public extrêmement varié, depuis les princes et les lettrés jusqu'aux habitants des quartiers populaires, la plupart du temps analphabètes.

D'autre part, la structure très particulière propre aux *Mille et Une Nuits* est intéressante à plusieurs niveaux. Tout d'abord, l'histoire de Schéhérazade qui sert de prétexte à l'enchaînement ininterrompu des contes permet au conteur de poursuivre son récit presque indéfiniment, et de tenir en éveil, au fil des jours, la curiosité de son auditoire. Qui plus est, la grande variété des formes de récit offre la possibilité de traiter maintes fois un même motif, de revenir sur les mêmes questions, tout en évitant les désagréments de la répétition.

Mais à un autre niveau, ce procédé singulier d'enchâssement qui relie les uns aux autres une multitude de récits indépendants permet au lecteur contemporain d'analyser des problèmes littéraires très intéressants comme la temporalité, les procédés de narration (mise en abyme, récit au second degré, marques de l'oralité, formes de l'énonciation...), la description du monde, ou encore le surgissement du merveilleux.

Échapper à la mort en racontant une histoire

Dans le conte-cadre ou conte-prétexte qui ouvre *Les Mille et Une Nuits*, Schéhérazade s'interrompt au moment où pointe l'aube, en s'arrangeant toujours pour ne pas achever son histoire au moment de tous les dangers, celui où la nuit s'achève. Ainsi, le roi Schahriar, désireux d'entendre la suite, remettra de jour en jour son exécution. Et Schéhérazade parviendra donc à faire patienter le roi plus de trois années, par la seule vertu de ses talents de conteuse et du plaisir que sa présence procure au roi. Le roi finira par s'avouer enfin son attachement envers celle qui l'a captivé par la richesse de son imagination, la finesse de son esprit, et la force de son amour.

En séduisant par ses récits celui qui haïssait les femmes au point d'en tuer une tous les matins, Schéhérazade triomphe donc de la mort, de l'arbitraire et de la haine. Elle sauve sa propre vie, mais aussi celle de ses compatriotes femmes, et délivre le roi lui-même de ce cycle de haine meurtrière dont il s'était fait prisonnier. Elle lui permet de connaître l'amour et le bonheur après avoir souffert de la trahison de sa femme.

Mise en abyme de la conteuse

Cependant, dans *Les Mille et Une Nuits*, Schéhérazade ne se contente pas d'aligner inlassablement des contes, pour les interrompre toujours au bon moment et avoir ainsi la vie sauve. Montrant là toute la subtilité de son intelligence, elle donne l'occasion aux personnages de ses propres contes à user, en quelque sorte, du même procédé qu'elle. Plusieurs personnages des *Mille et Une Nuits*, comme la conteuse elle-même, racontent à leur tour une histoire pour sauver leur propre vie, ou encore celle d'un autre personnage (comme dans « Le marchand, le génie et les trois vieillards », par exemple). Ainsi, même les personnages des contes viennent discrètement plaider pour Schéhérazade devant le roi. Loin de chercher à dissimuler son stratagème, la conteuse, confiante dans son art, prend au contraire le risque de voir son propre jeu démasqué par le roi sanguinaire.

Infléchir le cours du temps

Le procédé d'enchâssement généralisé qui caractérise les *Nuits* est celui que choisit avec à-propos leur héroïne-conteuse, qui, on le sait, cherche avant tout à gagner du temps. Ce faisant, elle parvient à briser la linéarité temporelle de la narration, pour introduire par la parole une autre temporalité, propre à ralentir la marche inexorable du temps qui devait la conduire à la mort. Chaque conte, introduit par la formule « il était une fois », permet à la conteuse, mais aussi au roi qui l'écoute, d'échapper à l'oppression du temps présent en accédant à une autre durée, celle du merveilleux, où tout finit bien malgré toutes les épreuves que traverse le héros du conte.

L'argument par l'exemple

Mais ce même procédé narratif a aussi d'autres fonctions. Dans le conte « Le pêcheur et le génie » que nous étudions ici, l'enchâssement des contes « Le roi grec », « Le vizir puni » et « Le mari et le perroquet » tient lieu d'argument à tel ou tel personnage, pour emporter la conviction dans une polémique ou un débat qui l'oppose à un autre. Ainsi, ces contes enchâssés permettent d'exposer des idées morales ou philosophiques sans risquer d'ennuyer par un discours trop clairement moralisateur le roi Schahriar, ou le lecteur- auditeur des *Mille et Une Nuits*.

Remarquons à cette occasion que le choix de chacun des contes enchâssés n'est ni arbitraire ni fortuit, comme pourrait le laisser penser une lecture trop rapide. Il obéit à une logique interne aux contes qui se suivent d'une façon plus cohérente qu'il n'y paraît.

Comment les contes sont-ils liés ?

En apparence, les contes des *Mille et Une Nuits* se succèdent sans ordre ni unité, lieux, thèmes et personnages variant au gré de l'inspiration de la conteuse, mais aussi de ce que, dans l'instant, peut lui dicter sa mémoire ! Il s'agit avant tout de maintenir en éveil l'imagination de l'auditeur (le roi, mais également, à travers lui, le lecteur), et d'éviter la lassitude et l'ennui, qui serait fatals à Schéhérazade, au sens propre du terme. Pourtant, le hasard n'est pas le seul guide du récit, et il existe bien souvent des liens décelables entre les contes. Les raisons de leur enchaînement ne sont certes pas toujours évidentes, mais il est intéressant de chercher ce qui, dans un conte de Schéhérazade, annonce le conte suivant, ou encore rappelle de façon inattendue le conte précédent. En effet, une lecture attentive révèle plusieurs fils conducteurs.

Une structure générale hiérarchisée

Le conte-cadre qui ouvre et clôt l'œuvre tout entière donne au recueil sa raison d'être. La nécessité de « plaire », de « charmer », de « captiver » un public, qui s'impose à tout conteur, est ici mise en scène de façon particulièrement saisissante et dramatique. En effet, Schéhérazade s'est placée elle-même dans une terrible alternative : intéresser ou mourir. Dès lors, le lecteur sait que tout est bon pour maintenir l'attention et la curiosité en éveil. Schéhérazade se permet de relier entre eux des contes divers et variés, de les comparer, de les enchâsser l'un dans l'autre, pour remplacer chez le roi le désir de vengeance par le plaisir de l'écoute.

Des éléments thématiques récurrents

Bien que les histoires choisies par Schéhérazade soient souvent indépendantes les unes des autres, cette insertion dans une structure commune n'est pas le seul lien qui existe entre elles. En effet, on remarque bien vite une insistance sur certains thèmes privilégiés :

La critique de la jalousie

Moteur d'actions viles et regrettables, source de ridicule pour le jaloux, la jalousie, thème littéraire universel, est maintes fois dénoncée dans *Les Mille et Une Nuits*.

Ainsi, c'est la jalousie qui conduit le roi Schahriar à détester et à assassiner toutes les femmes qu'il fait entrer dans son palais pour se venger de la trahison que lui a infligée la sienne. C'est la jalousie qui incite le grand génie à enfermer dans un coffre hermétique la belle qu'il a enlevée le soir de ses noces. Mais la victime le ridiculise, et démontre aux yeux de tous l'inutilité de toutes ces précautions. Au contraire, pour résister à la contrainte, elle n'aura de cesse d'échapper à la vigilance de son gardien, pour le tromper dès qu'il ferme les yeux.

C'est encore la jalousie, ou plus précisément l'envie, qui pousse le vizir du roi grec à s'acharner contre le médecin Douban pour le perdre aux yeux du roi, leur maître commun dont il veut avoir seul la confiance et l'estime. C'est elle qui persuade le mari possessif de l'histoire du « Mari et du perroquet » de se fier à un animal pour veiller sur sa femme en son absence.

C'est encore l'envie ou le ressentiment exprimés par Hindbad qui vont servir de prétexte au récit des voyages de Sindbad le marin.

L'envie est stérile, l'amitié bénéfique

En effet, le « roman » de Sindbad tout entier est fondé sur une comparaison entre deux sorts : celui de Hindbad, le porteur pauvre et misérable, et celui du riche Sindbad le marin. Cette comparaison, qui germe dans l'esprit du premier à la vue de l'opulence dans laquelle vit Sindbad, lui fait exprimer à haute voix son amertume et son ressentiment. Ce sont ces paroles qui inciteront Sindbad à ouvrir sa porte à son voisin et à lui offrir richesse et amitié. Mais le don le plus important de Sindbad sera bien le récit de ses sept voyages, offert comme un mets de choix parmi d'autres au festin quo-

tidien qu'il organise, dans le but d'inspirer à son voisin envieux l'amitié au lieu de la jalousie et de l'amertume. En effet, comme il le dit lui-même, en racontant ses voyages, Sindbad plaide pour la légitimité de sa fortune et tente de prouver qu'il a bien mérité sa richesse, en courant sans crainte tous les dangers.
Le récit de Sindbad incite Hindbad, les autres convives et le lecteur-auditeur des *Mille et Une Nuits* à combattre la pauvreté par l'action, l'initiative personnelle, l'audace même, au lieu de s'y soumettre comme à une fatalité, de se lamenter passivement sur son propre sort et d'envier les succès des autres.
En lui proposant de s'associer à ses découvertes, à ses malheurs et à ses succès, Sindbad offre à Hindbad une nouvelle vie, confortable et heureuse, au lieu de le laisser se confiner dans une amertume et un ressentiment stériles et égoïstes devant le bonheur d'autrui.

Fidélité conjugale et trahison

L'infidélité des femmes, thème principal du conte-cadre des *Nuits*, se retrouve dans bien d'autres contes. Schéhérazade ne peut naturellement pas partager la haine irraisonnée des femmes que professe le roi, manifestement atteint dans sa fierté virile. Mais elle n'est pas non plus une conteuse naïve qui chercherait coûte que coûte à défendre les femmes à ses yeux pour mieux sauver sa propre vie. Avec une grande finesse, elle veille à mettre en scène des femmes infidèles, pour complaire à son auditeur, mais aussi des personnages de femmes fidèles, vertueuses et intelligentes.
Surtout, elle permet au roi de découvrir que la perfidie n'est pas l'apanage des seules femmes, mais bien le lot des humains en général. Pour accroître sa connaissance du monde et de la nature humaine, seul moyen pour le

roi d'accéder enfin à une certaine sagesse, elle fera défiler dans ses récits des hommes et des femmes de toutes les conditions et même de tous les pays, des rois, des marchands et des gens misérables, des vizirs jaloux et méchants, des génies puissants mais crédules…
De surcroît, elle plaide pour une autre logique que celle de la vengeance et de la haine entre les sexes. Arrivée au bout de mille et une nuits, elle parvient ainsi à se faire accepter par le roi qui va renoncer à son dessein de tuer toutes les femmes du royaume, et la reconnaît et la choisit comme épouse, reine et mère de ses enfants.

Répondre au mal par le bien

Telle est la moralité qui se dégage de plusieurs contes, et particulièrement de celui du pêcheur et du génie. Le dialogue entre ces deux personnages est plein d'enseignements à ce sujet ; même les petits récits enchâssés dans ce conte principal ont pour fonction de défendre le point de vue du pêcheur ou celui du génie. Il répond à la question : Est-il juste de répondre au mal par le mal ?
Cette question, Schéhérazade parvient à la poser au roi sans la formuler directement. Elle l'amène à y réfléchir sans même s'en rendre compte, à travers le destin de tous les personnages des contes qui traitent de cette question. C'est par exemple la question principale que se pose le pêcheur de notre histoire : doit-il accepter de pardonner, de faire confiance à la parole de son ennemi, et libérer le génie une deuxième fois ?
Finalement, le pêcheur accepte, en dépit de tous les risques, de faire confiance au génie : c'est ainsi qu'il obtiendra la richesse et le bonheur. Cette fin est reprise par celle du conte-cadre où l'enfant de

Schéhérazade et du roi symbolise la vie, l'amour et la confiance retrouvée.

Sindbad le marin

À l'origine, les voyages de Sindbad, récits célèbres de la tradition orale orientale, n'appartenaient pas au recueil des *Mille et Une Nuits*.

C'est probablement Antoine Galland, premier traducteur des *Mille et Une Nuits* en français, qui a pris l'initiative d'intégrer au recueil les aventures de Sindbad, ce qui l'a même conduit à découper ce récit continu en « nuits » successives, pour pouvoir le mettre dans la bouche de la conteuse Schéhérazade.

Bagdad au Xe siècle : la passion du voyage

Le texte relatant les voyages du fameux Sindbad aurait vu le jour à Bagdad au Xe siècle, c'est-à-dire à l'époque qui voit prospérer le commerce entre le monde arabe et l'Extrême-Orient (Chine et Inde). Bien d'autres ouvrages traitant des voyages et du commerce maritime sont alors publiés. Un livre remarquable, intitulé *Relation de la Chine et de l'Inde*, présente avec *Sindbad le marin* de fortes ressemblances. Il serait en quelque sorte la version sérieuse, non romancée de l'histoire de Sindbad. Mais contrairement à celle-ci, il ne possède pas de structure narrative. Il serait né de la consignation par écrit de nombreux témoignages de commerçants et de marins. Très descriptif, il offre au lecteur préparant un voyage au long cours ou simplement curieux des pays lointains une juxtaposition de textes qui décrivent des pays et des îles, la faune et la flore des contrées inconnues et les coutumes étranges de leur habitants.

À quel genre littéraire appartient *Sindbad le Marin* ?

Malgré la ressemblance qui existe entre *Sindbad* et d'autres textes contemporains traitant eux aussi des aventures qui attendent les voyageurs, le voyage de Sindbad s'en démarque sensiblement :

– il possède une structure narrative claire : c'est un récit de voyage écrit à la première personne ;

– il n'offre pas de description technique suffisante pour servir véritablement de guide pour les voyageurs ou les marins. Les indications géographiques qu'il donne ne sont pas suffisantes pour reconnaître de façon certaine les pays évoqués.

Sindbad ou les deux faces contradictoires de chaque être

Le prologue ou conte principal du cycle des voyages de Sinbad met en scène une rencontre entre le héros et son voisin Hindbad, porteur vivant dans la misère. Épuisé par son lourd fardeau, Hindbad s'arrête devant une maison fastueuse. En apprenant que le propriétaire de cette maison n'est autre que Sindbad le marin, il ne peut s'empêcher de comparer sa propre misère à la fortune de Sindbad. Plein d'amertume, il adresse à Dieu une complainte, lui demandant pourquoi il comble Sindbad de faveurs, tandis qu'il l'accable de tant de misère.

Sindbad, à qui on a rapporté ces propos, entreprend de narrer publiquement ses longs voyages, afin de prouver à Hindbad et à ses autres invités que pour faire fortune, il a souffert au moins autant que Hindbad, ses richesses sont donc bien méritées.

Le parallélisme que Hindbad a l'idée d'établir entre lui et Sindbad a poussé certains critiques littéraires à voir dans ce récit une opposition entre deux conceptions différentes de la vie. D'un côté, la vie sédentaire avec son cortège de difficultés quotidiennes et, de l'autre, la vie de ceux qui osent s'aventurer et aller au-devant du danger. Pour eux, le voyage est nécessaire c'est lui qui leur permet de survivre et d'échapper à la fatalité de leur condition sociale. Cela semble être le cas de Sindbad, qui présente le voyage comme la seule solution qui s'est offerte à lui pour échapper à la pauvreté. Mais cette nécessité est également présentée comme un parti pris philosophique. D'ailleurs, Sindbad commence le récit de son premier voyage en déclarant : « Il est moins fâcheux d'être dans le tombeau que dans la pauvreté. »
Ainsi Hindbad, qui porte justement, dans certaines versions, le nom de « Sindbad le portefaix », ou mieux encore « Sindbad le terrien », serait l'autre face de « Sindbad le marin » : celui qui n'a pas osé s'aventurer loin de chez lui pour améliorer ses conditions de vie en pratiquant le commerce avec les contrées reculées. Leur rencontre leur permet de se comparer l'un à l'autre, et même de concilier, par leur nouvelle amitié, les deux faces contraires et conflictuelles contenues dans chaque être humain.

L'école du voyage

Mais le parcours accompli par Sindbad à l'issue de ses sept périples est aussi un parcours moral. En effet, ici, le voyage est aussi une quête de la sagesse et un apprentissage de la vie, une occasion de gagner l'admiration des autres, mais aussi l'estime de soi. Il n'est pas seulement nécessaire pour survivre, mais aussi pour accéder à la maturité.

Ainsi, le jeune homme qui prend le large après avoir dilapidé sa fortune familiale reviendra non seulement riche mais jouissant de la reconnaissance, et même de l'amitié, des grands de ce monde. Il fréquentera même l'autorité suprême, le calife Haroun al-Rachid. L'intérêt que les grands, rois et calife, lui portent est dû surtout au savoir qu'il a amassé et à l'expérience unique et exemplaire qu'il a vécue. Aussi demanderont-ils à leurs scribes de consigner « en lettres d'or » les récits de voyage de Sindbad.

Cette valorisation du récit écrit montre l'importance qui est accordée par le texte à ces expériences vécues. Autre fruit de cette initiation, la sagese acquise à la fin du parcours. Sindbad évoluera et ne se laissera plus porter par son seul désir de la fortune et du voyage. Il saura à la fin, au terme de sept voyages, rester chez lui, mener une vie sereine auprès des siens, et suivre les prescriptions de la religion : faire sa prière, aider les pauvres, et même calmer leur envie réveillée par sa richesse excessive.

Le savoir acquis par l'expérience

Le savoir de Sindbad n'est pas seulement le fruit d'une expérience vécue passivement. Sindbad montre par le récit qu'il construit à partir de ses voyages qu'il sait aussi, malgré tous les dangers qu'il a courus, s'intéresser aux contrées inconnues, aux choses nouvelles et inattendues. Il communiquera ce savoir à ses auditeurs et peut-être à d'éventuels voyageurs et commerçants, pour les mettre en garde et les guider en les faisant profiter de son expérience.

Le texte des *Mille et Une Nuits* porte en lui la preuve de ses liens avec d'autres textes de la littérature mondiale. Ainsi l'oiseau Roc apparaît dans d'autres textes, anciens et plus récents, la rencontre de Sindbad avec le Cyclope rappelle étrangement celle d'Ulysse avec ce même monstre. Des chercheurs ont mis en évidence ces correspondances et ont même relevé l'existence de sources communes au texte des *Nuits* et à d'autres qui lui ressemblent.

Correspondances

• *Le Livre des merveilles*, Marco Polo, écrit aux alentours de l'an 1300.

• *Relation de la Chine et de l'Inde*, texte anonyme arabe rédigé vers 850.

• *L'Odyssée*, Homère, écrit de la fin du VIIIe siècle avant J.-C., chant IX, vers 105-555.

1

« C'est dans ces îles inaccessibles que se trouvent les oiseaux appelés griffons, qui y apparaissent à certaines saisons ; ceux qui les virent ont raconté à messire Marco Polo qu'ils ressemblent à l'aigle, tant leur taille est démesurée. Leurs ailes ont bien trente pas d'envergure et les plumes qui les couvrent sont bien longues de dix pas. Ils sont si forts, disaient-ils, qu'ils peuvent prendre dans leurs griffes un éléphant, l'enlever à une grande hauteur et le laisser tomber ensuite ; l'éléphant se tue dans sa chute, et les griffons s'abattant sur lui, le dévorent. Les habitants de ces îles appellent seulement *Rouck* cet oiseau, et ne lui donnent aucun autre nom ; aussi je ne sais s'il s'agit du griffon ou d'un autre oiseau, mais, en tout cas, il n'est ni mi-oiseau ni mi-lion, comme nous le croyons, il est seulement gigantesque et semblable à l'aigle. Le Grand Khan fit, une fois, partir des envoyés pour Madagascar afin d'avoir connaissance de ces curiosités et aussi afin de réclamer un messager qui s'y était rendu, il y avait longtemps, et y était gardé prisonnier. Ces envoyés délivrèrent le captif et racontèrent au Grand Khan tout ce qu'ils avaient appris de curieux et, en particulier, ce qui concernait ces oiseaux. Ils lui rapportèrent aussi deux défenses de sanglier, si grandes que chacune pesait plus de quatorze livres, preuve que l'animal qui les avait portées était d'une taille extraordinaire, et ils lui dirent que certains de ces sangliers étaient aussi grands que des buffles. On trouve aussi à Madagascar de nombreuses girafes et des ânes sauvages, ainsi que d'autres bêtes étranges. »

Le Livre des merveilles, Marco Polo,
Jean De Bonnot, Paris, 1975, pp. 149-150, chap. 119.

2

« Dans cette mer est un animal qui paraît quelquefois avec de l'herbe et des coquillages qui ont poussé sur son dos ; il arrive que les mariniers accrochent à lui leurs ancres, le prenant pour une île : quand ils reviennent de leur erreur, ils s'éloignent de lui à toutes voiles. Il arrive que cet animal déploie une de ses nageoires qui est sur ses reins, et c'est comme une voile de navire. Parfois il sort sa tête de l'eau et elle apparaît comme une chose énorme. Parfois il souffle l'eau de sa bouche, et c'est comme un grand minaret. Lorsque la mer est calme, les poissons se rassemblent : il les rabat sur lui avec sa queue, puis il ouvre la bouche et on voit alors les poissons plonger à l'intérieur de son corps comme ils plongeraient dans un puits. Les vaisseaux qui sont dans cette mer le craignent : aussi, pendant la nuit, ceux qui les montent battent-ils des simandres, comme les simandres des chrétiens, de peur qu'il ne s'appuie contre le navire et ne le coule. »

Relation de la Chine et de l'Inde, texte anonyme, établi et traduit par Jean Sauvaget, Les Belles Lettres, Paris, 1948.

3

Le cœur tout affligé, nous poursuivîmes notre route
Et touchâmes la terre des Cyclopes, ces géants
Sans foi ni loi, qui s'en remettent aux dieux immortels
Et n'exécutent de leurs mains ni plants ni labourages.
La terre leur fournit de tout sans travaux ni semailles :
L'orge, le blé, la vigne avec le vin tiré des grappes
Que Zeus gonfle pour eux en leur en envoyant ses ondées.
[...]
Ni trop près ni trop loin de cette terre des Cyclopes
S'étend une île assez petite, en face de leur port.
À travers ses forêts pullulent les chèvres sauvages ;
Jamais un pas humain ne vient troubler leur solitude ;
On n'y voit point de ces chasseurs qui prennent tant de peine
À parcourir les cimes les plus hautes des montagnes.
Cette île ne connaît ni le bétail ni la charrue,
Mais, sans semences ni labours, elle est toute l'année
Vide d'humains et ne nourrit que des chèvres bêlantes.
[...]
Ce fut là que nous fîmes halte ; un dieu nous pilotait
À travers la profonde nuit, qui ne laissait rien voir.
Autour de nous, la brume était épaisse, et dans le ciel
La lune demeurait cachée au milieu des nuages.
Aussi personne parmi nous n'avait pu voir cette île
Ni les puissantes vagues qui roulaient vers le rivage,
Avant que l'on eût échoué nos vaisseaux bien pontés.
Les vaisseaux échoués, on amena toutes les voiles ;
Ensuite on débarqua et l'on s'étendit sur la grève,
Où l'on dormit, en attendant que vînt l'aube divine.

Lorsque au petit matin parut l'aurore aux doigts de rose,
Nous fîmes, tout émerveillés, un tour à travers l'île,
Où les Nymphes, filles du Porte-Égide, débusquaient
Des chèvres de montagne, afin qu'on eût de quoi manger.
Vite on alla chercher à bord les grands arcs recourbés
Et les épieux à longue douille, et, rangés en trois groupes,
On attaqua ; un dieu bientôt nous donna bonne chasse.
Douze vaisseaux formaient ma flotte, et chacun d'eux reçut
Neuf chèvres pour sa part ; j'en choisis dix pour moi
[tout seul.
Tout au long de ce jour, jusques au coucher du soleil,
Nous restâmes à savourer bon vin et force viandes ;
Car nous n'avions pas épuisé le vin que nous gardions
À bord et dont tous avaient fait leur plein dans les amphores,
Quand nous avions pillé la sainte ville des Cicones,
Nous distinguions la terre toute proche des Cyclopes,
Leurs feux, leurs voix, les cris de leurs brebis et de leurs
[chèvres.
Le soleil une fois parti et l'ombre descendue,
Chacun s'étendit pour dormir sur la grève de mer.
Lorsque au petit matin parut l'aurore aux doigts de rose,
J'appelai tous mes gens à l'assemblée et je leur dis :
« Restez ici pour le moment, fidèles compagnons.
De mon côté j'emmènerai ma nef et mes rameurs ;
Je veux aller tâter ces gens et savoir ce qu'ils sont,
Un peuple de bandits et de sauvages sans justice,
Ou des êtres hospitaliers qui respectent les dieux. »
Sur ces mots, je montai à bord et ordonnai aux miens
D'embarquer avec moi et de détacher les amarres.
[...]
Comme nous touchions au pays dont nous étions si près,
Nous vîmes à sa pointe extrême, et non loin de la mer,
Sous des lauriers, une caverne ; elle servait d'étable
À un troupeau de brebis et de chèvres ; tout autour
Courait un grand mur fait d'énormes blocs fichés en terre,

De pins à la cime élancée et de chênes touffus.
Là vivait, isolé de tous, un géant qui menait
Paître au loin ses troupeaux, ne fréquentant personne,
Mais restant toujours à l'écart et ne pensant qu'au crime.
C'était un monstre gigantesque ; il ne ressemblait pas
À un mangeur de pain, mais bien plutôt à un pic boisé
Qu'on voit parfois se détacher sur le sommet des monts.
Alors je commandai à mes fidèles compagnons
De rester auprès du vaisseau et de garder la nef ;
Puis je partis avec les douze meilleurs de mon choix.
J'avais une outre en peau de chèvre, enfermant un vin noir,
Très doux, que j'avais reçu de Maron, fils d'Évanthès
Et prêtre d'Apollon, dieu tutélaire d'Ismaros,
Pour l'avoir épargné, avec sa femme et son enfant,
Par respect, car il habitait sous les arbres sacrés
De Phœbus Apollon. Il m'offrit de très beaux présents :
Je reçus de lui sept talents de son or le plus fin,
De même qu'un cratère en argent pur et, pour finir,
Un lot de douze amphores de ce vin doux sans mélange,
Véritable boisson des dieux, dont personne au logis,
Ni servants ni servantes, ne connaissait la cachette,
Excepté son épouse et lui et la seule intendante.
Quand ils goûtaient de ce vin sombre, aussi doux que le miel,
Pour remplir une coupe ils versaient vingt mesures d'eau,
Et le bouquet qui montait du cratère était si doux
Et si divin, qu'on ne pouvait se retenir d'en boire.
J'en emportai une grande outre pleine, avec des vivres
Et un bissac, car déjà mon cœur fier avait compris
Qu'un homme surviendrait, doué d'une force puissante,
Quelque sauvage méprisant la justice et les lois.
Nous eûmes vite trouvé sa caverne. Il n'était pas
Chez lui, il était au pacage avec ses gras moutons.
Pénétrant à l'intérieur, nous fîmes la revue :
Fromages sur tous les clayons ; agnelets et chevreaux
Dans les enclos bondés (chaque âge avait sa stalle à part :

D'un côté étaient les aînés, de l'autre les cadets,
Plus loin les nouveau-nés) ; vases remplis de petit-lait ;
Terrines et seaux façonnés qui lui servaient à traire.
Alors mes compagnons me supplièrent instamment
De prendre les fromages, puis de tirer des enclos
Agnelets et chevreaux et de regagner sans retard
Le prompt navire, afin de repartir sur l'onde amère.
C'est moi qui refusai ; ah ! qu'il eût mieux valu, pourtant !
Mais je voulais le voir et savoir ce qu'il m'offrirait,
Cet hôte. Il n'allait pas se montrer tendre envers les miens.
On fit du feu, un sacrifice, et, prenant les fromages,
On mangea tous assis dans la caverne, en l'attendant.
Il revint du pacage, avec une très grosse charge
De bois sec qu'il avait prévu pour le repas du soir.
Il la jeta dans la caverne avec un tel fracas
Que la panique nous chassa au plus profond de l'antre.
Puis sous l'immense voûte il fit entrer tout le troupeau
Des grasses brebis qu'il avait à traire ; quant aux mâles,
Boucs et béliers, il les laissa dehors dans leur enclos.
Puis, soulevant un bloc énorme, il en boucha l'entrée ;
Même vingt-deux solides chariots à quatre roues
Ne seraient parvenus à le déplacer sur le sol,
Si colossal était le bloc dont il boucha l'entrée.
Il s'installa pour traire chèvres et brebis bêlantes,
Dans l'ordre, et lâcha le petit sous le pis de chacune.
Ayant fait cailler aussitôt la moitié du lait blanc,
Il l'égoutta et le plaça dans des paniers de jonc,
Cependant qu'il gardait l'autre moitié dans ses terrines,
Pour le boire à son heure ou pendant le repas du soir.
Quand il eut achevé de se donner à ces travaux,
Il ranima son feu, nous vit et nous interrogea :
« Qui êtes-vous ? d'où venez-vous par les routes humides ?
Faites-vous le commerce ? errez-vous sans but sur la mer,
Pareils à ces pirates qui s'en vont à l'aventure,
Risquant leur vie et ravageant les côtes étrangères ? »

À ces mots, notre cœur se brisa une fois de plus,
Sous l'épouvante de ce monstre et de sa voix terrible.
Je pris cependant la parole et je lui dis ces mots :
« Nous sommes des Argiens venus de Troie, et nous avons
Erré par tous les vents sur le grand gouffre de la mer.
Nous retournions chez nous ; mais d'autres chemins, [d'autres routes
Nous ont menés ici ; sans doute Zeus l'aura voulu.
Nous nous flattons d'avoir servi l'Atride Agamemnon,
Ce roi qui de nos jours emplit le monde de sa gloire,
Si grande était la ville qu'il pilla, et si nombreux
Les guerriers qu'il tua. Nous voici maintenant chez toi,
À tes genoux, espérant de ta part un bon accueil,
Mais aussi l'un de ces présents que l'on se fait entre hôtes.
Crains les dieux, brave ami ! car nous venons en suppliants,
Et Zeus défend les suppliants comme il défend les hôtes.
Il est l'Hospitalier, l'ami des hôtes qu'on respecte. »
À ces mots, il me répondit d'un cœur impitoyable :
« Tu fais l'enfant, ô étranger, ou tu nous viens de loin,
Pour vouloir que je craigne et que je respecte les dieux !
Les Cyclopes se moquent bien de Zeus, le Porte-Égide,
Et des dieux bienheureux ! nous sommes les plus forts !
Ah ! ce n'est certes pas la peur de la haine de Zeus
Qui me ferait vous épargner, à moins que je n'y songe !
Mais dis-moi : en venant, où as-tu mis ton beau navire ?
Est-ce à la pointe de cette île, ou plus près ? que je sache ! »
Il me tâtait ; mais j'en savais trop long pour être dupe,
Et je lui répliquai en usant de cet artifice :
« Poséidon, l'Ébranleur du sol, a brisé mon navire
Et l'a jeté sur les rochers, au bout de votre terre,
En l'approchant du cap où nous poussait le vent du large ;
Seuls ces amis et moi avons pu fuir la sombre mort. »
Je dis, et ce cœur sans pitié ne me répondit rien.
Il bondit et, jetant les bras sur mes compagnons,
En saisit deux d'un coup et les fracassa contre terre

Comme des chiots ; leur cervelle, en giclant, mouilla le sol.
Il les dépeça membre à membre et en fit son repas,
Les dévorant tel un lion nourri dans les montagnes ;
Tout y passa : entrailles, chairs et os remplis de moelle.
Nous autres, en pleurant, nous élevions nos mains vers Zeus,
Le cœur désemparé face à pareille atrocité.
Puis, lorsque le Cyclope eut bien rempli sa panse énorme
De cette chair humaine arrosée avec du lait pur,
Il s'allongea au fond de l'antre, en travers de ses bêtes.
Alors mon brave cœur me conseilla de m'approcher
Et de tirer le glaive aigu qui pendait à ma cuisse,
Pour le planter là où le diaphragme touche au foie,
En palpant bien l'endroit. Mais quelque chose m'arrêta :
N'allions-nous pas périr aussi d'une cruelle mort,
Faute de pouvoir déplacer avec nos seules mains
L'énorme bloc dont il avait bouché la haute entrée ?
Ainsi gémissions-nous en attendant l'aube divine.
Lorsque au petit matin parut l'aurore aux doigts de rose,
Il fit du feu, puis alla traire ses belles brebis,
Dans l'ordre, et lâcha le petit sous le pis de chacune.
Quand il eut achevé de se donner à ces travaux,
Il prit encor d'un coup deux de mes gens pour son repas ;
Et dès qu'il eut mangé, il fit sortir ses gras troupeaux,
Après avoir sans peine ôté le gros bloc de l'entrée,
Qu'ensuite il replaça comme un couvercle de carquois.
À grands coups de sifflet, il emmena ses gras moutons
Dans la montagne, et je restai à rouler ma vengeance,
Pour le punir, si Athéna m'en accordait la gloire.
Or voici le projet que mon cœur trouva le plus sage.
Le Cyclope avait laissé contre un parc un gros gourdin
En olivier, qu'il avait cassé vert pour s'en servir
Une fois sec. En le voyant, nous l'avions comparé
Au mât d'un de ces noirs vaisseaux à vingt bancs de rameurs,
D'un de ces grands bateaux qui vont sur le gouffre des mers ;
C'était, nous semblait-il, même grandeur, même calibre.

Je m'approchai pour en couper la longueur d'une brasse
Et je le tendis à mes gens pour en ôter les nœuds.
Après qu'ils l'eurent bien poli, j'en vins tailler la pointe,
Que je mis moi-même à durcir dans le feu dévorant ;
Puis je cachai soigneusement ce pieu sous le fumier,
Répandu à foison à travers toute la caverne.
Après cela, je fis tirer au sort ceux de mes gens
Qui prendraient avec moi le risque de lever le pieu
Pour le vriller dans l'œil, quand le doux sommeil lui
[viendrait.
Le sort désigna ceux que j'aurais moi-même choisis ;
Ils étaient quatre, auxquels je m'adjoignis comme cinquième.
Il revint vers le soir, ramenant son troupeau laineux.
Mais cette fois il poussa ses brebis dans la caverne,
Sans en laisser aucune au-dehors dans le vaste enclos.
Avait-il son idée, ou était-ce un ordre du ciel ?
Puis, soulevant le bloc énorme, il en boucha l'entrée,
S'assit pour traire ses brebis et ses chèvres bêlantes,
Dans l'ordre, et lâcha le petit sous le pis de chacune.
Quand il eut achevé de se donner à ses travaux,
Il prit encor d'un coup deux de mes gens pour son repas.
Alors, tenant entre les mains une auge de vin noir,
Je m'approchai de lui et l'interpellai de la sorte :
« Tiens, Cyclope, bois ça pour arroser ces chairs humaines ;
Tu verras quel breuvage recelait notre vaisseau.
En venant te l'offrir, j'espérais bien que ta pitié
Nous remettrait chez nous. Mais ta fureur n'a plus de bornes.
Malheureux ! penses-tu qu'à l'avenir jamais personne
Revienne encor te voir, sachant le mal que tu as fait ? »
Alors, prenant mon auge, il la vida. Ravi de boire
Un nectar si délicieux, il m'en redemanda :
« Donne encor, sois gentil ! et dis-moi ton nom, tout de suite !
Je tiens à offrir à mon hôte un présent qui lui plaise.
La terre à blé nous donne bien le vin des grosses grappes
Que Zeus gonfle pour nous en leur envoyant ses ondées ;

Mais ça, c'est de l'essence de nectar et d'ambroisie ! »
À ces mots, je lui reversai du vin aux sombres feux ;
Trois fois je le servis, trois fois il but sans réfléchir.
Puis, quand le vin eut pénétré jusqu'au cœur du Cyclope,
Je l'abordai en lui disant ces mielleuses paroles :
« Tu veux savoir mon nom le plus connu, Cyclope ? Eh bien,
Voici ; mais fais-moi le présent que tu m'avais promis.
Pour moi, je m'appelle Personne, et Personne est le nom
Que mon père et ma mère et tous mes compagnons me
[donnent. »
À ces mots, il me répondit d'un cœur impitoyable :
« Je mangerai donc Personne en dernier, après les siens ;
Le reste ira devant : tel sera mon présent d'accueil ! »
À ces mots, il se renversa et tomba sur le dos ;
Puis sa nuque épaisse fléchit, et le sommeil vainqueur
Le saisit tout entier ; mais sa gorge rendait du vin
Et des morceaux de chair humaine ; et il rotait, l'ivrogne !
Alors j'enfouis le pieu sous le monceau de cendres
Et le laissai chauffer, tandis que j'exhortai mes gens,
Afin que nul ne s'esquivât sous l'effet de la peur.
Quand le pieu d'olivier fut sur le point de s'enflammer,
(Tout vert qu'il fût, il répandait une lueur terrible),
Je le tirai du feu et courus l'apporter ; mes gens
Se tenaient près de moi ; le ciel décuplait notre audace.
Soulevant le pieu d'olivier à la pointe acérée,
Ils l'enfoncèrent dans son œil ; moi, je pesais d'en haut
Et je tournais. Quand on perce une poutre de navire
À la tarière, en bas les aides tirent la courroie
Par les deux bouts, et le foret ne cesse de tourner :
Ainsi, tenant dans l'œil le pieu affûté à la flamme,
Nous tournions, et le sang coulait autour du bois brûlant.
Partout, sur la paupière et le sourcil, grillait l'ardeur
De la prunelle en feu, et ses racines grésillaient.
Comme lorsque le forgeron plonge une grande hache
Ou un merlin dans de l'eau froide afin de le tremper ;

Le fer crie et gémit, et c'est de là que vient sa force :
Ainsi son œil sifflait autour de ce pieu d'olivier.
Il poussa d'affreux hurlements ; la roche en retentit ;
Mais nous, pris de frayeur, nous nous étions déjà sauvés.
Alors il s'arracha de l'œil le pieu souillé de sang
Et le rejeta loin de lui d'une main forcenée.
Puis d'appeler à grands cris les Cyclopes qui vivaient
Dans les grottes des environs, sur les sommets venteux.
En entendant ses cris, ils accoururent de partout ;
Plantés devant la grotte, ils voulaient connaître ses peines :
« Polyphème, pourquoi jeter ces cris d'accablement ?
Pourquoi nous réveiller au milieu de la nuit divine ?
Serait-ce qu'un mortel emmène malgré toi tes bêtes ?
Serait-ce toi qu'on veut tuer, ou par ruse ou par force ? »
Le puissant Polyphème leur cria du fond de l'antre :
« Par ruse, et non par force ! et qui me tue, amis ? Personne ! »
Et les Cyclopes de répondre par ces mots ailés :
« Personne ? aucune violence ? et seul comme tu l'es ?
Tont mal doit venir du grand Zeus, et nous n'y pouvons rien.
Invoque plutôt Poséidon, notre roi, notre père ! »
Ils s'éloignèrent sur ces mots, et je ris en moi-même :
Mon nom et mon habile tour les avaient abusés !
Gémissant sous le coup de la douleur, notre Cyclope
Avait, en tâtonnant, levé la pierre de l'entrée
Et s'était assis en travers, les deux mains étendues,
Pour barrer le passage à qui voudrait suivre ses bêtes,
Me supposant assez naïf pour prendre ce parti.
Quant à moi, je songeai alors au moyen le plus sûr
De nous arracher à la mort, mes compagnons et moi.
Je tissai toutes sortes de calculs et d'artifices,
Car nos jours étaient menacés, et le désastre proche.
Or voici le dessein que mon cœur trouva le meilleur.
Les béliers bien nourris avaient une épaisse toison ;
Grands et beaux, ils portaient une laine violacée.
Sans bruit, je les liai avec les osiers bien tressés

Qui servaient de litière à ce monstre sans foi ni loi.
Je les mis trois par trois ; celui du milieu qui portait l'homme,
Et les deux autres le flanquaient, assurant son salut.
Ainsi chaque homme se faisait porter par trois béliers.
Il me restait, à moi, le bélier de loin le plus fort.
Je le pris par les reins, puis je me coulai sous son ventre,
Dont j'empoignai à pleines mains la laine merveilleuse,
Et je me cramponnai à sa toison sans lâcher prise.
Puis, tout en gémissant, l'on attendit l'aube divine.
Lorsque au petit matin parut l'aurore aux doigts de rose,
Les boucs et les béliers partirent pour le pâturage.
Mais les brebis, n'étant plus traites, bêlaient dans les parcs ;
Leurs pis leur faisaient mal. Torturé de douleurs cruelles,
Le Cyclope s'en vint tâter le dos de chaque bête
Qui passait devant lui. Mais le sot ne put deviner
Ce qui pendait dessous, dans l'épaisse toison des bêtes.
Le dernier du troupeau, mon bélier, marchait vers la porte,
Alourdi par sa laine et par mon poids d'homme rusé.
Le puissant Polyphème, alors, le tâta et lui dit :
« Doux bélier, qu'y a-t-il, pour que tu sortes le dernier
De l'antre ? Jusqu'ici tu ne restais pas en arrière ;
Tu étais de loin le premier à paître pas à pas
Les tendres fleurs des prés, le premier à descendre au fleuve,
Le premier à rejoindre ton enclos, le soir venu.
Et te voilà le dernier du troupeau ! Pleurerais-tu
L'œil de ton maître ? Un scélérat, aidé de gens perfides,
Me l'a crevé, après m'avoir terrassé par le vin.
Mais il n'est pas encor tiré d'affaire, ce Personne !
Ah ! si tu partageais ma peine et pouvais t'exprimer,
Pour me dire en quel lieu il se dérobe à ma fureur,
Je ferais gicler sa cervelle à travers ma caverne
En lui brisant le crâne au sol, et j'oublierais un peu
Les maux qu'est venu m'apporter ce vaurien de Personne ! »
Il dit et lâcha le bélier pour le faire sortir.
Aussitôt qu'on fut un peu loin de l'antre et de la cour,

Je me dégageai le premier, puis déliai mes hommes.
Bien vite l'on poussa les gras moutons aux pattes grêles,
Et ce n'est qu'après cent détours qu'enfin nous rejoignîmes
Notre vaisseau. Quel bonheur pour nos gens de nous revoir,
Réchappés à la mort ! quels cris, et quels pleurs sur les autres !
Mais, fronçant les sourcils, je leur fis signe de cesser
Les pleurs et je leur demandai d'embarquer au plus vite
Tous ces moutons laineux, puis de voguer sur l'onde amère.
Ils sautèrent à bord, allèrent s'asseoir à leurs bancs,
Et la rame frappa le flot qui blanchit sous les coups.
Mais comme on arrivait au point d'où la voix porte encore,
J'adressai au Cyclope, alors, ces paroles railleuses :
« Cyclope, eh non ! ce n'étaient pas les compagnons d'un lâche
Que tu as mangés dans ta grotte en usant de sévices !
Tes crimes ne pouvaient que se retourner contre toi,
Cruel qui n'as pas craint de dévorer chez toi des hôtes !
Aussi Zeus et les autres dieux t'en ont-ils bien puni ! »
Ces mots ne firent qu'augmenter la colère en son âme.
Il arracha la cime d'un grand mont et la lança.
Le roc tomba devant la nef à la proue azurée,
[Et pour un peu il eût touché la pointe d'étambot.]
La chute de ce grand rocher bouleversa la mer ;
La vague de retour nous ramena jusqu'à la terre,
Et ce grand coup de flux faillit nous jeter à la côte.
Alors de mes deux mains saisissant une longue gaffe,
Je dégageai ma nef, puis pressai vivement les miens
De forcer l'aviron, afin d'éviter le désastre ;
D'un signe de ma tête ils se penchèrent sur les rames.
Comme nous étions parvenus deux fois plus loin qu'avant,
Je hélai le Cyclope ; mais les miens, autour de moi,
Me dissuadaient à l'envi de leurs mots les plus doux :
« Ah ! malheureux ! pourquoi irriter cette brute épaisse ?
En jetant sur nous ce rocher, il vient de ramener
Notre nef à la côte, et nous avons failli périr.
S'il entend l'un de nous parler ou élever la voix,

Il brisera nos crânes et les poutres du navire
En nous jetant un roc pointu, tant son bras porte loin. »
Mais leurs mots ne touchèrent pas mon cœur audacieux,
Et je repris en lui criant d'un cœur plein de rancune :
« Cyclope, si jamais quelque humain vient te demander
Qui t'infligea la honte d'être privé de ton œil,
Dis-lui que celui qui l'a fait, c'est le fils de Laërte,
Le grand saccageur de cités, l'homme d'Ithaque, Ulysse ! »
Le Cyclope, à ces mots, me répondit en gémissant :
« Ah ! malheur ! je vois s'accomplir les antiques oracles.
Il y avait dans ce pays un noble et grand devin,
Télémos, le fils d'Eurymos, expert en prophéties,
Qui vieillit parmi nous comme prophète des Cyclopes.
Il m'avait bien prédit tout ce qui vient de m'arriver,
Et que les mains d'Ulysse me feraient perdre la vue.
Mais moi, je m'attendais toujours à rencontrer ici
Un grand et beau mortel, doué d'une vigueur extrême ;
Et c'est un gringalet, une mauviette, un rien du tout
Qui m'a crevé mon œil en me terrassant par le vin !
Ulysse, approche donc, que je te donne mon cadeau !
Je charge l'Ébranleur du sol de te remettre en route,
Puisque aussi bien je suis son fils et qu'il se dit mon père.
Lui seul, s'il y consent, peut me guérir, mais aucun autre,
Ni parmi les dieux bienheureux ni parmi les mortels. »
À ces mots, je pris la parole et je lui répondis :
« Ah ! que n'est-il en mon pouvoir de te ravir le souffle
Et la vie et de t'envoyer dans la maison d'Hadès,
Aussi vrai que ce dieu ne te rendra jamais la vue ! »
À ces mots, il tendit les mains vers le ciel constellé
Et adressa cette prière au seigneur Poséidon :
« Écoute, ô soutien de la terre, ô dieu coiffé d'azur !
Si vraiment je suis tien et si tu te prétends mon père,
Retiens loin de chez lui ce pilleur de cités, Ulysse,
[Qui est fils de Laërte et qui habite dans Ithaque.]
Ou du moins, si le sort lui permet de revoir les siens

Et de retrouver son palais, au pays de ses pères,
Qu'il y rentre après bien des maux, sur un vaisseau d'emprunt,
Privé de tous ses gens, pour trouver le malheur chez lui ! »
Tel il priait, et le dieu sombre entendit sa prière.
Alors il saisit un autre rocher, plus lourd encore,
Le balança et le jeta avec une vigueur extrême.
De notre navire azuré le bloc rasa la poupe,
Et pour un peu il eût touché la pointe d'étambot.
La chute de ce gros rocher bouleversa la mer,
Et le flot, nous poussant, faillit nous jeter à la côte.
Aussitôt parvenus dans l'île où nous avions laissé
Nos autres vaisseaux bien pontés et où nos compagnons,
Plongés dans la tristesse, étaient restés à nous attendre,
On aborda, on échoua le bateau sur le sable,
[Après quoi chacun descendit sur la grève de mer.]
On débarqua du creux vaisseau les moutons du Cyclope,
Dont on fit un partage égal pour ne léser personne.
Quant au bélier, nos compagnons guêtrés me l'octroyèrent
En plus de ma part de moutons. Je l'offris sur la grève
À Zeus, le seigneur tout-puissant, le nuageux Cronide.
Mais il dédaigna les cuisseaux que je brûlai pour lui,
Car il songeait qu'au moyen de faire disparaître
Nos vaisseaux bien pontés et mes fidèles compagnons.
Tout au long de ce jour, jusques au coucher du soleil,
Nous restâmes à savourer bon vin et force viandes.
Le soleil une fois parti et l'ombre descendue,
On alla s'endormir sur le rivage de la mer.
Lorsque au petit matin parut l'aurore aux doigts de rose,
J'ordonnai d'une voix pressante à tous mes compagnons
D'embarquer au plus vite et de détacher les amarres.
Ils sautèrent à bord, allèrent s'asseoir à leurs bancs,
Et la rame frappa le flot qui blanchit sous les coups.
De là nous voguâmes plus loin, le cœur plein de tristesse,
Contents d'échapper à la mort, mais pleurant nos amis. »

Homère, *L'Odyssée*, chant IX, vers 105-566.

Les Mille et Une Nuits et l'Occident

Le siècle des Lumières : l'Orient et l'image de l'Autre

Jonathan Swift (1667-1745), écrivain irlandais de langue anglaise, a écrit en 1726 les célèbres *Voyages de Gulliver* qui relatent des aventures imaginaires qui ressemblent fort à celles de Sindbad le marin. Les monstres et merveilles de ce conte servent à mettre en évidence la relativité des coutumes et des lois humaines. Le ton satirique a notamment inspiré à Voltaire le conte *Micromégas*.

J'en reviens donc à ce que j'allais vous dire : ces deux formidables puissances se trouvent engagées depuis trente-six lunes[1] dans une guerre à mort, et voici quelle en fut l'occasion. Chacun sait qu'à l'origine, pour manger un œuf à la coque, on le cassait par le gros bout. Or, il advint que l'aïeul de notre Empereur actuel, étant enfant, voulut manger un ouf en le cassant de la façon traditionnelle, et se fit une entaille au doigt. Sur quoi l'Empereur son père publia un édit ordonnant à tous ses sujets, sous peine des sanctions les plus graves, de casser leurs œufs par le petit bout. Cette loi fut si impopulaire, disent nos historiens, qu'elle provoqua six révoltes, dans lesquelles un de nos Empereurs perdit la vie, un autre sa couronne. Ces soulèvements avaient chaque

1. Période de 28 jours (mois lunaires).

fois l'appui des souverains de Bléfuscu et, lorsqu'ils étaient écrasés, les exilés trouvaient toujours un refuge dans ce royaume. On estime à onze mille au total le nombre de ceux qui ont préféré mourir plutôt que de céder et de casser leurs œufs par le petit bout. On a publié sur cette question controversée plusieurs centaines de gros volumes ; mais les livres des Gros-Boutiens sont depuis longtemps interdits et les membres de la secte écartés par une loi de tous les emplois publics. Au cours de ces troubles, les empereurs de Bléfuscu nous ont, à maintes reprises, fait des remontrances[1] par leurs ambassadeurs, nous accusant d'avoir provoqué un schisme[2] religieux et d'être en désaccord avec les enseignements que notre grand prophète Lustrog donne au chapitre cinquante-quatre du Blundecral (c'est le nom de leur Coran). Cela s'appelle, bien sûr, solliciter les textes[3]. Voici la citation : « Tous les vrais fidèles casseront leurs œufs par le bout le plus commode. » Quel est le plus commode ? On doit, à mon humble avis, laisser à chacun le soin d'en décider selon sa conscience ou s'en remettre alors à l'autorité du premier magistrat. Or les Gros-Boutiens exilés ont trouvé tant de crédit à la Cour de l'empereur de Bléfuscu et chez nous tant d'aide et d'encouragements secrets que depuis trente-six lunes, une guerre sanglante met aux prises les deux empires, avec des fortunes très diverses ; elle nous a coûté, jusqu'à présent, la perte de quarante vaisseaux de ligne, d'une quantité d'autres navires, ainsi que trente mille de nos meilleurs matelots ou soldats, et l'on estime que les pertes de l'ennemi sont encore plus considérables.

Jonathan Swift, *Les Voyages de Gulliver*, 1726,
trad. J. Pons d'après E. Pons, Gallimard, 1976.

1. Se sont plaints.
2. Scission, séparation en deux branches distinctes.
3. Forcer le sens des textes.

Voltaire (1694-1778), romancier et philosophe français du siècle des Lumières, se sert dans de nombreux récits d'un Orient imaginaire pour donner vie à ses idées philosophiques sur la place de l'être humain dans le monde et l'organisation de la société.

« Ô atomes intelligents, dans qui l'Être éternel s'est plu à manifester son adresse et sa puissance, vous devez sans doute goûter des joies bien pures sur votre globe : car, ayant si peu de matière, et paraissant tout esprit, vous devez passer votre vie à aimer et à penser ; c'est la véritable vie des esprits. Je n'ai vu nulle part le vrai bonheur ; mais il est ici, sans doute. » À ce discours, tous les philosophes secouèrent la tête ; et l'un d'eux, plus franc que les autres, avoua de bonne foi que, si l'on excepte un petit nombre d'habitants fort peu considérés, tout le reste est un assemblage de fous, de méchants et de malheureux. « Nous avons plus de matière qu'il ne nous en faut, dit-il, pour faire beaucoup de mal, si le mal vient de la matière ; et trop d'esprit, si le mal vient de l'esprit. savez-vous bien, par exemple, qu'à l'heure où je vous parle, il y a cent mille fous de notre espèce, couverts de chapeaux, qui tuent cent mille autres animaux couverts d'un turban, ou qui sont massacrés par eux, et que, presque sur toute la terre, c'est ainsi qu'on en use de temps immémorial ? » Le Sirien frémit, et demanda quel pouvait être le sujet de ces horribles querelles entre de si chétifs animaux. « Il s'agit, dit le philosophe, de quelque tas de boue grand comme votre talon. Ce n'est pas qu'aucun de ces millions d'hommes qui font égorger prétende un fétu sur ce tas de boue. Il ne s'agit que de savoir s'il appartiendra à un certain homme qu'on nomme *Sultan*, ou à un autre qu'on nomme, je ne sais pourquoi, *César*. Ni l'un ni l'autre n'a jamais vu ni ne verra jamais le petit coin de terre dont il s'agit ; et presque aucun de ces animaux, qui s'égorgent mutuellement, n'a jamais vu l'animal pour lequel ils s'égorgent.

— Ah ! malheureux ! s'écria le Sirien avec indignation, peut-on concevoir cet excès de rage forcenée ! Il me prend envie de faire trois pas, et d'écraser de trois coups de pied toute cette fourmilière d'assassins ridicules. — Ne vous en donnez pas la peine, lui répondit-on ; ils travaillent assez à leur ruine. Sachez qu'au bout de dix ans, il ne reste jamais la centième partie de ces misérables ; sachez que, quand même ils n'auraient pas tiré l'épée, la faim, la fatigue ou l'intempérance, les emportent presque tous. D'ailleurs, ce n'est pas eux qu'il faut punir, ce sont ces barbares sédentaires qui du fond de leur cabinet ordonnent, dans le temps de leur digestion, le massacre d'un million d'homme, et qui ensuite en font remercier Dieu solennellement. » Le voyageur se sentait ému de pitié pour la petite race humaine, dans laquelle il découvrait de si étonnants contrastes. « Puisque vous êtes du petit nombre des sages, dit-il à ces messieurs, et qu'apparemment vous ne tuez personne pour de l'argent, dites-moi, je vous en prie, à quoi vous vous occupez. — Nous disséquons des mouches, dit le philosophe, nous mesurons des lignes, nous assemblons des nombres ; nous sommes d'accord sur deux ou trois points que nous entendons, et nous disputons sur deux ou trois mille que nous n'entendons pas. » Il prit aussitôt fantaisie au Sirien et au Saturnien d'interroger ces atomes pensants, pour savoir les choses dont ils convenaient. « Combien comptez-vous, dit-il, de l'étoile de la Canicule à la grande étoile des Gémeaux ? » Ils répondirent tous à la fois : « trente-deux degrés et demi. — Combien comptez-vous d'ici à la Lune ? — Soixante demi-diamètres de la terre en nombre rond. — Combien pèse votre air ? » Il croyait les attraper, mais tous lui dirent que l'air pèse environ neuf cents fois moins qu'un pareil volume de l'eau la plus légère, et dix-neuf cents fois moins que l'or de ducat. Le petit nain de Saturne, étonné de leurs réponses, fut tenté de prendre pour des sorciers ces mêmes gens auxquels il avait refusé une âme un quart d'heure auparavant.

Enfin Micromégas leur dit : « Puisque vous savez si bien ce qui est hors de vous, sans doute vous savez encore mieux ce qui est en dedans. Dites- moi ce que c'est que votre âme, et comment vous formez vos idées. » Les philosophes parlèrent tous à la fois comme auparavant : mais ils furent tous de différents avis. Le plus vieux citait Aristote, l'autre prononçait le nom de Descartes ; celui-ci, de Malebranche ; cet autre, de Leibnitz ; cet autre, de Locke. Un vieux péripatéticien dit tout haut avec confiance « L'âme est une *entéléchie*, et une raison par qui elle a la puissance d'être ce qu'elle est. C'est ce que déclare expressément Aristote, page 633 de l'édition du Louvre : *Entelecheia esti*, etc. »
— Je n'entends pas trop bien le grec, dit le géant. — Ni moi non plus, dit la mite philosophique — Pourquoi donc, reprit le Sirien, citez-vous un certain Aristote en grec ? — C'est, répliqua le savant, qu'il faut bien citer ce qu'on ne comprend point du tout dans la langue qu'on entend le moins. »
Le cartésien prit la parole, et dit : « L'âme est un esprit pur qui a reçu dans le ventre de sa mère toutes les idées métaphysiques, et qui, en sortant de là, est obligée d'aller à l'école, et d'apprendre tout de nouveau ce qu'elle a si bien su, et qu'elle ne saura plus. — Ce n'était donc pas la peine, répondit l'animal de huit lieues, que ton âme fût si savante dans le ventre de ta mère, pour être si ignorante quand tu aurais de la barbe au menton. Mais qu'entends-tu par esprit ? — Que me demandez-vous là ? dit le raisonneur ; je n'en ai point d'idée ; on dit que ce n'est pas de la matière. — Mais sais-tu au moins ce que c'est que de la matière ? — Très bien, répondit l'homme. Par exemple cette pierre est grise, et d'une telle forme, elle a ses trois dimensions, elle est pesante et divisible. — Eh bien ! dit le Sirien, cette chose qui te paraît être divisible, pesante et grise, me dirais-tu bien ce que c'est ? Tu vois quelques attributs ; mais le fond de la chose, le connais-tu ? — Non, dit l'autre. — Tu ne sais donc point ce que c'est que la matière. »

Alors monsieur Micromégas adressant la parole à un autre sage qu'il tenait sur son pouce, lui demanda ce que c'était que son âme, et ce qu'elle faisait. « Rien du tout, répondit le philosophe malebranchiste ; c'est Dieu qui fait tout pour moi : je vois tout en lui, je fais tout en lui ; c'est lui qui fait tout sans que je m'en mêle. — Autant vaudrait ne pas être, reprit le sage de Sirius. Et toi, mon ami. dit-il à un Leibnitzien qui était là, qu'est-ce que ton âme ? —C'est, répondit le Leibnitzien, une aiguille qui montre les heures pendant que mon corps carillonne, ou bien, si vous voulez, c'est elle qui carillonne pendant que mon corps montre l'heure ; ou bien mon âme est le miroir de l'univers, et mon corps est la bordure du miroir : cela est clair. »

Un petit partisan de Locke était là tout auprès ; et quand on lui eut enfin adressé la parole : « Je ne sais pas, dit-il, comment je pense, mais je sais que je n'ai jamais pensé qu'à l'occasion de mes sens. Qu'il y ait des substances immatérielles et intelligentes, c'est de quoi je ne doute pas ; mais qu'il soit impossible à Dieu de communiquer la pensée à la matière, c'est de quoi je doute fort. Je révère la puissance éternelle ; il ne m'appartient pas de la borner : je n'affirme rien ; je me contente de croire qu'il y a plus de choses possibles qu'on ne pense. » L'animal de Sirius sourit : il ne trouva pas celui-là le moins sage ; et le nain de Saturne aurait embrassé le sectateur de Locke sans l'extrême disproportion. Mais il y avait là, par malheur, un petit animalcule en bonnet carré qui coupa la parole à tous les animalcules philosophes ; il dit qu'il savait tout le secret, que cela se trouvait dans la *Somme* de saint Thomas ; il regarda de haut en bas les deux habitants célestes ; il leur soutint que leurs personnes, leurs mondes, leurs soleils, leurs étoiles, tout était fait uniquement pour l'homme. À ce discours, nos deux voyageurs se laissèrent aller l'un sur l'autre en étouffant de ce rire inextinguible qui, selon Homère, est le partage des dieux : leurs épaules et leurs ventres allaient et venaient, et dans ces convulsions le vaisseau, que le Sirien avait sur son ongle, tomba dans une poche de la culotte du Saturnien. Ces deux bonnes gens le cherchèrent longtemps ; enfin ils retrouvèrent l'équipage, et le rajustèrent fort proprement. Le Sirien reprit les petites mites ; il leur parla encore avec beaucoup de bonté, quoiqu'il fût un peu fâché dans le fond du cœur de voir que les infiniment petits eussent un orgueil presque infiniment grand. Il leur promit de leur faire un beau livre de philosophie, écrit fort menu pour leur usage, et que, dans ce livre, ils verraient le bout des choses. Effectivement, il leur donna ce volume avant son départ : on le porta à Paris à l'Académie des sciences ; mais, quand le secrétaire l'eut ouvert, il ne vit rien qu'un livre tout blanc : « *Ah !* dit-il, *je m'en étais bien douté.* »

Voltaire, *Micromégas*, chapitre VII.

Le XXe siècle : deux lectures des *Mille et Une Nuits*

Marcel Proust (1871-1922), romancier français, donne ici une lecture poétique des *Mille et Une Nuits*, livre de chevet de son héros Marcel pendant toute son enfance. Avec Proust, les *Mille et Une Nuits* est devenu un roman de formation au plaisir de la lecture, auquel il compare souvent les aventures de ses personnages.

Le soir je sortais seul au milieu de la ville enchantée, où je me trouvais au milieu de quartiers nouveaux comme un personnage des *Mille et Une Nuits*. Il était bien rare que je ne découvrisse pas au hasard de mes promenades quelque place inconnue et spacieuse dont aucun guide, aucun voyageur, ne m'avaient parlé.

Je m'étais engagé dans un réseau de petites ruelles, de calli divisant en tous sens, de leurs rainures, le morceau de Venise découpé entre un canal et la lagune, comme s'il avait cristallisé suivant ces formes innombrables, ténues et minutieuses. Tout à coup, au bout d'une de ces petites rues, il semblait que dans la matière cristallisée se fût produite une distension. Un vaste et somptueux campo à qui je n'eusse assurément pas, dans ce réseau de petites rues, pu deviner cette importance ni même trouver une place, s'étendait devant moi, entouré de charmants palais, pâle clair de lune. C'était un de ces ensembles architecturaux vers lesquels, dans une autre ville, les rues se dirigent, vous conduisent et le désignent. Ici, il semblait exprès caché dans un entrecroisement de ruelles, comme ces palais de contes orientaux où on mène la nuit un personnage qui, ramené chez lui avant le jour, ne doit pas pouvoir retrouver la demeure magique où il finit par croire qu'il n'est allé qu'en rêve.

Le lendemain je partais à la recherche de ma belle place nocturne, je suivais des callis qui se ressemblaient toutes et se refusaient à me donner le moindre renseignement, sauf pour m'égarer mieux. Parfois un vague indice que je croyais reconnaître me faisait supposer que j'allais voir apparaître, dans sa claustration, sa solitude et son silence, la belle place exilée. À ce moment, quelque mauvais génie qui avait pris l'apparence d'une nouvelle calle me faisait rebrousser chemin malgré moi et je me trouvais brusquement ramené au Grand Canal. Et comme il n'y a pas entre le souvenir, d'un rêve et le souvenir d'une réalité de grandes différences, je finissais par me demander si ce n'était pas pendant mon sommeil que s'était produite, dans un sombre morceau de cristallisation vénitienne, cet étrange flottement qui offrait une vaste place entourée de palais romantiques à la méditation du clair de lune.

Marcel Proust, *Albertine disparue*, chapitre II, 1922.

Gérard de Nerval (1808-1855), poète et romancier français, part en Orient pour un long périple en 1851, attiré par les scènes qu'il a lues entre autres dans *Les Mille et Une Nuits*. Son premier contact avec Le Caire nous donne à voir la différence vécue entre un Orient imaginé et l'Orient réel tel qu'il a pu le voir à son époque.

Je n'avais pas compris tout d'abord ce qu'a d'attrayant ce mystère dont s'enveloppe la plus intéressante moitié du peuple d'Orient ; mais quelques jours ont suffi pour m'apprendre qu'une femme qui se sent remarquée trouve généralement le moyen de se laisser voir, si elle est belle. Celles qui ne le sont pas savent mieux maintenir leurs voiles, et l'on ne peut leur en vouloir. C'est bien là le pays des rêves et de l'illusion ! La laideur est cachée comme un crime, et l'on peut toujours entrevoir quelque chose de ce qui est forme, grâce, jeunesse et beauté.

La ville elle-même, comme ses habitantes, ne dévoile que peu à peu ses retraites les plus ombragées, ses intérieurs les plus charmants. Le soir de mon arrivée au Caire, j'étais mortellement triste et découragé. En quelques heures de promenade sur un âne et avec la compagnie d'un drogman, j'étais parvenu à me démontrer que j'allais passer là les six mois les plus ennuyeux de ma vie, et tout cependant était arrangé d'avance pour que je n'y pusse rester un jour de moins. Quoi ! c'est là, me disais-je, le ville des *Mille et Une Nuits*, la capitale des califes fatimites et des soudans ?... Et je me plongeais dans l'inextricable réseau des rues étroites et poudreuses, à travers la foule en haillons, l'encombrement des chiens, des chameaux et des ânes, aux approches du soir dont l'ombre descend vite, grâce à la poussière qui ternit le ciel et à la hauteur des maisons.

Qu'espérer de ce labyrinthe confus, grand peut-être comme Paris ou Rome, de ces palais et de ces mosquées que l'on compte par milliers ? Tout cela a été splendide et merveilleux sans doute, mais trente générations y ont passé ; partout la pierre croule, et le bois pourrit. Il semble que l'on voyage en rêve dans une cité du passé, habitée seulement par des fantômes, qui la peuplent sans l'animer. Chaque quartier entouré de murs à créneaux, fermé de lourdes portes comme au Moyen Âge, conserve encore la physionomie,qu'il avait sans doute à l'époque de Saladin ; de longs passages voûtés conduisent ça et là d'une rue à l'autre, plus souvent on s'engage dans une voie sans issue ; il faut revenir. Peu à peu tout se ferme ; les cafés seuls sont éclairés encore, et les fumeurs assis sur des cages de palmier, aux vagues lueurs de veilleuses nageant dans l'huile, écoutent quelque longue histoire débitée d'un ton nasillard. Cependant les *moucharabys* s'éclairent : ce sont des grilles de bois, curieusement travaillées et découpées, qui s'avancent sur la rue et font office de fenêtres ; la lumière qui les traverse ne suffit pas à guider la marche du passant ; d'autant plus que bientôt arrive l'heure du couvre-feu ; chacun se munit d'une lanterne, et l'on ne rencontre guère que des Européens ou des soldats faisant la ronde.

Gérard de Nerval, *Le Voyage en Orient I*.

« Le pêcheur et le génie » – Le conte de fées comparé à la fable

Bruno Bettelheim (1903-1990), psychiatre et psychanalyste américain d'origine autrichienne, qui a consacré sa vie à soigner des enfants atteints de psychoses, a écrit une étude intéressante du conte du pêcheur et du génie. Objet d'étude privilégié de la psychanalyse, le conte offre la possibilité d'observer le comportement humain qui y apparaît dans toute sa simplicité.

« L'un des contes des *Mille et Une Nuits*, « Le pêcheur et le génie », présente un tableau presque complet du thème de conte de fées qui met en scène un géant en conflit avec une personne normale.
Ce thème est commun à toutes les cultures, sous une forme ou sous une autre, étant donné que les enfants, partout dans le monde, tremblent et piaffent d'impatience sous le pouvoir que détiennent sur eux les adultes. Les enfants savent que, s'ils ne s'inclinent pas devant les exigences des adultes, ils n'ont qu'une façon d'échapper à leur colère : en étant plus malins qu'eux.
« Le pêcheur et le génie » raconte l'histoire d'un pauvre pêcheur qui jette quatre fois son filet dans la mer. La première fois, il ramène une carcasse d'âne ; la deuxième un panier plein de gravier et de fange. Sa troisième tentative n'est pas plus fructueuse : des pierres, des coquilles et des ordures. Au quatrième coup de filet, le pêcheur remonte un vase de cuivre jaune. Dès qu'il l'a ouvert, il s'en échappe un énorme nuage qui se matérialise sous la forme d'un génie qui menace de le tuer malgré ses supplications. Le pêcheur doit son salut à une astuce : il défie le génie en lui disant q'il ne pourra jamais croire que, grand comme il est, il ait jamais pu tenir dans un récipient aussi petit ; il pousse ainsi le génie à se réintroduire dans le vase pour prouver que c'est possible. Le pêcheur s'empresse de recouvrir le vase, de le sceller et de le rejeter dans la mer.
Dans d'autres cultures, le même thème peut se présenter dans une version où le personnage méchant prend les traits d'une énorme bête féroce menaçant de dévorer le héros qui, sans sa présence d'esprit, serait tout à fait incapable de lutter contre un pareil adversaire. Le héros dit alors à haute voix qu'il est bien facile pour un esprit aussi puissant de prendre la forme d'une créature gigantesque, mais qu'il ne pourrait certainement pas se transformer en un petit animal, comme un oiseau ou une souris. Ce défi à la vanité de l'esprit est

pour lui un arrêt de mort. Pour bien montrer que rien ne lui est impossible, il se transforme en un petit animal que le héros n'a aucun mal à vaincre.

L'histoire du pêcheur et du génie est plus riche en messages cachés que les autres versions du même thème ; il contient en effet des détails importants qu'on ne trouve pas toujours dans les autres contes. On apprend, par exemple, pour quelle raison le génie a la cruauté de vouloir tuer l'homme qui lui rend la liberté ; on sait aussi que les trois tentatives infructueuses ont été récompensées par une quatrième.

Selon la moralité des adultes, plus l'emprisonnement est long, plus le prisonnier doit être reconnaissant envers la personne qui le libère. Mais ce n'est pas du tout ce que raconte le génie. Au cours du premier siècle où il resta confiné dans le vase, le génie jura « que si quelqu'un l'en délivrait, il le rendrait riche, même après sa mort ; mais le siècle s'écoula et personne ne lui rendit ce bon office. Pendant le deuxième siècle, il fit le serment de donner accès à tous les trésors de la terre, à quiconque le mettrait en liberté ; mais il ne fut pas plus heureux. Pendant le troisième, il promit de satisfaire chaque jour trois vœux de son libérateur, de quelque nature qu'ils pussent être ; mais ce siècle se passa comme les autres et il demeurait toujours dans le même état. Enfin, enragé de se voir prisonnier si longtemps, il jura que si quelqu'un le délivrait par la suite, il le tuerait impitoyablement... »

C'est exactement ce qu'éprouve le petit enfant qui a été « abandonné ». Il se console d'abord en imaginant combien il sera heureux lorsque sa mère reviendra ; ou, s'il est consigné dans sa chambre, combien il sera content quand il aura la permission d'en sortir, et combien il en remerciera sa maman. Mais, à mesure que le temps s'écoule, la colère de l'enfant ne fait que croître, et il imagine les terribles revanches qu'il prendra contre ceux qui l'ont frustré. Le fait que, en réalité, il puisse être très heureux au moment du soulagement n'empêche pas ses pensées d'aller de la récompense à la punition envers ceux qui lui ont infligé un chagrin. C'est ainsi que l'évolution des pensées du génie constitue pour l'enfant une vérité psychologique.

Un petit garçon de trois ans dont les parents étaient partis au loin pour trois semaines donne un excellent exemple de cette progression des sentiments. Cet enfant, qui parlait très bien avant le départ de ses parents, continua de le faire avec la femme qui s'occupait de lui et avec d'autres personnes qu'il était amené à rencontrer. Mais, dès le retour de ses parents, il ne leur adressa plus la parole, ni à quiconque, pendant deux semaines. D'après ce qu'il avait dit à la personne qui s'occupait de lui, il est certain que pendant les premiers jours de leur absence il envisageait avec beaucoup de plaisir leur retour. À la fin de la première semaine, il commença à dire qu'il leur en voulait beaucoup de l'avoir laissé seul et qu'il se vengerait à leur retour. Une semaine plus tard, il renonçait même à parler de ses parents et se mettait violemment en colère contre quiconque faisait allusion à eux. Finalement, quand son père et sa mère furent de retour, il se détourna d'eux et se réfugia dans le mutisme. Malgré tous les efforts que faisaient ses parents pour l'atteindre, le petit garçon restait figé dans son refus. L'enfant ne redevint vraiment lui-même qu'après des semaines au cours desquelles ses parents, avec beaucoup de sollicitude, essayèrent de comprendre la situation difficile où il se trouvait. Il semble évident que, à mesure que le temps passait, la colère de l'enfant s'était accrue jusqu'à devenir si violente, si envahissante, qu'il en eut peur : s'il se laissait aller, craignait-il, peut-être voudrait-il détruire ses parents, ou peut-être le détruiraient-ils par vengeance. En refusant de parler, il se défendait : c'était sa façon de se protéger lui-même et de protéger ses parents contre les conséquences de la rage qui le dominait.

Il est impossible de savoir si dans la langue originelle du « Pêcheur et du Génie » il existait quelque chose d'équivalent à l'expression anglaise « *bottled-up feelings* » (sentiments refoulés, littéralement, « comprimés dans une bouteille »). Mais cette image d'un confinement dans un vase clos devait être aussi valable à l'époque qu'elle l'est de nos jours. Sous une forme ou sous une autre, tout enfant connaît des expériences semblables à celles de notre petit garçon de trois ans, quoique, en général, d'une façon moins extrême et sans les réactions visibles qu'il a eues. L'enfant, de lui-même, ignore ce qui a bien pu lui arriver ; tout ce qu'il sait, c'est qu'il a été « obligé » de se conduire de cette façon. Tous les efforts tendant à essayer de faire comprendre rationnellement à l'enfant ce qui se passe ne peuvent avoir aucun effet sur lui et, par surcroît, le laisseront sur sa faim, car il ne pense pas encore d'une façon rationnelle.

Si vous racontez à un petit enfant qu'un garçon de son âge était si en colère contre ses parents qu'il cessa de leur parler pendant deux semaines, il réagira certainement en disant : « Il est bête ! » Si vous essayez de lui expliquer pourquoi le petit garçon s'est conduit ainsi, votre enfant attentif ressentira encore davantage qu'un tel comportement est stupide, non seulement parce qu'il considère l'action elle-même comme stupide, mais aussi parce que, pour lui, l'explication n'a aucun sens.

L'enfant est incapable d'admettre consciemment que sa colère puisse le rendre muet, ou qu'il puisse avoir envie de détruire ceux dont dépend son existence. Pour comprendre cela, il faudrait qu'il puisse admettre le fait que ses propres émotions peuvent l'envahir au point de lui enlever tout contrôle sur elles... ce qui serait pour lui une notion assez effrayante. L'idée qu'on puisse avoir en soi des forces incontrôlables a un aspect trop redoutable pour qu'on puisse s'y arrêter, et cela ne concerne pas seulement l'enfant.

Chez l'enfant, l'action remplace la compréhension. Et cela est de plus en plus vrai à mesure que ses sentiments prennent de la force. L'enfant, guidé par des adultes, peut apprendre à *s'exprimer* autrement ; mais, d'après ce qu'il voit en réalité, les gens ne pleurent pas parce qu'ils sont tristes : ils pleurent, un point c'est tout. Un enfant peut avoir compris qu'il peut apaiser un adulte en expliquant une de ses actions de la façon suivante : « J'ai fait ça parce que je suis en colère ! » Mais cela ne change rien au fait que cet enfant n'expérimente pas sa colère en tant que telle, mais seulement comme une impulsion qui l'incite à frapper, à détruire, à se taire. Ce n'est qu'à la puberté que nous commençons à identifier nos émotions pour ce qu'elles sont, sans agir immédiatement selon elles, sans même en avoir envie.

Les processus inconscients de l'enfant ne peuvent lui sembler plus clairs qu'à travers des images qui s'adressent directement à son inconscient. Les images évoquées par les contes de fées jouent ce rôle. De même que l'enfant ne pense pas : « Quand maman reviendra, je serai content », mais : « je lui donnerai quelque chose », de même le génie se dit : « Je rendrai riche celui qui me délivrera ! » De même que l'enfant ne pense pas : « je suis si en colère que je serais capable de tuer cette personne ! » mais : « quand je le reverrai, je le tuerai ! », de même le génie dit : « Si quelqu'un me délivre, je le tuerai ! » Si une personne réelle était censée penser ou agir de cette façon, cette idée serait trop angoissante pour qu'on puisse la comprendre. Mais l'enfant sait que le génie est un personnage imaginaire et il peut donc se permettre d'identifier ce qui le motive, sans être contraint d'en inférer directement à lui-même.

Tandis que l'enfant brode ses fantasmes tout autour de l'histoire – et s'il ne le fait pas, le conte de fées perd une bonne partie de son influence –, il se familiarise lentement avec la façon dont le génie réagit à l'incarcération et à la frustration et effectue en même temps un pas important vers les réactions parallèles qu'il peut avoir lui-même. Comme c'est un conte de fées, situé dans un pays imaginaire, qui lui présente ces modèles de comportement, l'enfant, dans sa tête, peut passer d'une conclusion à l'autre : « c'est vrai, c'est bien comme ça qu'on agit et qu'on réagit », ou : « ce n'est absolument pas vrai, ce n'est qu'une histoire », selon qu'il est prêt ou non à reconnaître ces processus en lui-même.

Ce qui est beaucoup plus important, étant donné que le conte de fées garantit une conclusion heureuse, c'est que l'enfant n'a pas à avoir peur de permettre à son inconscient de prendre le dessus, en accord avec le contenu du conte : il sait que, quoi qu'il puisse découvrir, « il vivra heureux pendant de longues et longues années... ».

Les exagérations magiques de l'histoire (pouvoir être, par exemple, enfermé dans un vase pendant des siècles) rendent plausibles et acceptables des réactions qui, présentées de manière plus réaliste, par exemple l'absence des parents, ne le seraient pas. Pour l'enfant, l'absence des parents semble durer une éternité, sentiment qui demeure sans changement quand la mère explique sincèrement qu'elle n'est restée absente que pendant une demi-heure. Ainsi, les exagérations magiques du conte de fées donnent corps à la vérité psychologique, alors que les explications réalistes, tout en étant proches de la réalité des faits, semblent psychologiquement fausses.

« Le pêcheur et le génie » montre parfaitement comment le conte de fées perd toute valeur s'il est simplifié et édulcoré. À regarder l'histoire de très loin, il pourrait sembler inutile de relater la démarche de la pensée du génie, à partir du moment où il décide de récompenser la personne qui le libérera, jusqu'à ce qu'il décide de la punir. Il suffirait de raconter l'histoire d'un méchant et puissant génie qui voulait tuer son libérateur, lequel, tout en n'étant qu'un faible mortel, s'arrange pour le rouler. Mais sous cette forme simplifiée, nous n'avons plus qu'un conte à faire peur qui se termine bien, sans aucune vérité psychologique. C'est l'évolution du génie, qui passe du désir de récompense au désir de punir, qui permet à l'enfant de se mettre au diapason du conte. Comme l'histoire décrit avec beaucoup de véracité ce qui s'est passé dans le crâne du génie, l'idée que le pêcheur soit capable d'être plus malin que lui gagne elle aussi en véracité.

Débarrassés de ces éléments apparemment insignifiants, les contes de fées perdent leur signification profonde et cessent d'intéresser les enfants.

Sans qu'il en soit conscient, l'enfant se réjouit de voir qu'un conte de fées met en garde ceux qui détiennent le pouvoir de l'« enfermer dans un vase ». Il ne manque pas d'histoires modernes destinées aux petits où un enfant se montre plus malin qu'un adulte. Mais, parce qu'elles sont trop directes, ces histoires ne soulagent pas l'imagination de la contrainte que fait peser la domination du pouvoir adulte ; ou bien elles font peur à l'enfant dont toute la sécurité repose sur le fait que les adultes sont plus accomplis que lui et qu'ils sont capables de le protéger en toute sûreté.

J'insiste sur la différence : rouler un génie ou un géant, ce n'est pas la même chose que rouler un adulte. Si l'enfant apprend qu'il lui est possible de l'emporter sur les adultes que sont son père et sa mère, l'idée peut lui paraître agréable, mais, en même temps, elle est génératrice d'angoisse : s'il est capable d'être plus malin qu'eux, comment peut-il être convenablement protégé par des êtres aussi faciles à duper ? Mais comme le géant est un personnage imaginaire, l'enfant peut très bien rêver qu'il est plus malin que lui, au point de pouvoir non seulement le dominer, mais aussi le détruire, tout en continuant de compter sur les vrais adultes pour le protéger.

Le conte de fées « Le pêcheur et le génie » a plusieurs avantages sur ceux du cycle anglo-saxon de Jack (« Jack et le tueur de géants », « Jack et la perche à haricots »). Comme le pêcheur est non seulement un adulte, mais aussi, selon l'histoire, un père de famille, le jeune auditeur apprend implicitement par l'histoire que son père peut très bien se sentir menacé par des puissances qui lui sont supérieures, mais qu'il est assez intelligent pour les vaincre. Avec ce conte, l'enfant peut gagner sur les deux tableaux : il peut se projeter lui-même dans le rôle du pêcheur et imaginer qu'il l'emporte sur le géant ; il peut aussi projeter son père dans le même rôle et imaginer qu'il est lui-même un esprit qui peut menacer son père, tout en étant certain que ce même père l'emportera.

Le même conte contient un élément apparemment sans signification, mais très important : c'est le fait que le pêcheur doit connaître trois défaites avant de remonter le vase qui contient le génie. Alors qu'il serait beaucoup plus simple de commencer l'histoire au coup de filet qui fait apparaître le vase fatal, cet élément indique à l'enfant, sans intention moralisatrice, qu'on ne peut pas compter sur le succès du premier coup, ni même du deuxième ni du troisième. Les choses ne s'accomplissent pas aussi facilement qu'on pourrait l'imaginer ou le souhaiter. Si le pêcheur avait été moins tenace, ses trois premières prises l'auraient déterminé à abandonner, puisque ses efforts ne lui valaient que du rebut. De nombreuses fables, de nombreux contes de fées enseignent qu'il ne faut pas abandonner malgré les premiers échecs. Cette notion est si importante pour l'enfant que de nombreux contes de fées, de nombreuses fables contiennent ce message. Ce dernier peut atteindre son but à condition qu'il ne soit pas livré au nom de la morale, ou comme une exigence, mais d'une façon fortuite, qui indique bien que dans la vie il n'en va pas autrement. En outre, l'événement magique qui permet au pêcheur de vaincre le géant n'intervient pas sans efforts ni sans ruse ; nous avons de bonnes raisons d'aiguiser notre esprit et de continuer nos efforts, aussi pénibles soient-ils.

Il existe dans le même conte de fées un autre détail qui, tout en paraissant insignifiant, ne pourrait pas être supprimé sans que la portée de l'histoire en soit affaiblie ; je veux parler du parallèle qui est établi entre les quatre tentatives du pêcheur, qui sont finalement couronnées de succès, et les quatre degrés qui marquent la colère croissante du génie. Ainsi sont juxtaposées la maturité du pêcheur-père et l'immaturité du génie ; est posé en même temps le problème essentiel que tout être humain doit affronter dès le début de son existence : faut-il se laisser gouverner par ses émotions ou par la raison ?

Traduisons ce conflit en termes psychanalytiques : il symbolise la difficile bataille que nous avons tous à livrer ; faut-il céder au principe de plaisir, qui nous vaut la satisfaction immédiate de nos désirs ou qui nous conduit à nous venger violemment de nos frustrations, même contre ceux qui n'y sont pour rien – ou devons-nous renoncer à vivre au gré de nos pulsions, en choisissant une vie dominée par le principe de réalité qui veut que nous soyons prêts à accepter bien des frustrations pour bénéficier de récompenses durables ?

Cette décision concernant le principe de plaisir est si importante qu'un grand nombre de contes de fées et de mythes essayent de l'enseigner. Le mythe d'Hercule illustre très bien la façon directe et didactique dont le mythe traite ce choix crucial par comparaison avec la façon douce, indirecte, sans exigence, et donc psychologiquement plus efficace dont les contes de fées portent le même message.

Le mythe nous raconte que, « le temps étant venu pour Hercule de décider s'il se servirait de ses dons pour le bien ou pour le mal, il quitta les bergers et se rendit dans une région solitaire pour réfléchir à la direction que sa vie allait prendre. Tandis qu'il s'était arrêté pour méditer, deux femmes de haute stature s'avancèrent vers lui. L'une, d'aspect modeste, était belle et pleine de noblesse. L'autre, arrogante, offrait la séduction d'une poitrine abondante ». La première femme, poursuit le mythe, est la Vertu ; la seconde, le Plaisir. Chacune d'elles fait des promesses pour l'avenir d'Hercule s'il suit le chemin qu'elle offre à sa vie.

Cette image d'Hercule à la croisée des chemins est exemplaire. Tous les humains, comme lui, sont tentés par la perspective du plaisir éternel et facile où « nous récoltons les fruits du travail des autres et ne refusons rien de tout ce qui peut nous procurer du profit », ainsi que le promettait « le Plaisir oisif » camouflé en « Bonheur permanent ». Mais

nous sommes également sollicités par la Vertu et « son long et dur chemin de la satisfaction », qui nous dit « que l'homme n'obtient rien sans peine ni effort » et que « si on veut être tenu en estime dans la cité, il faut lui rendre service ; on récolte ce que l'on a semé ».
Toute la différence entre le mythe et le conte de fées est mise en évidence par le fait que le mythe nous déclare sans ambages que les deux femmes qui s'adressent à Hercule sont « le Plaisir oisif » et la « Vertu ». Semblables à des personnages de contes de fées, ces deux femmes personnifient les tendances conflictuelles internes du héros et ses pensées. Dans ce mythe, elles sont décrites comme équivalentes, bien qu'il soit nettement sous-entendu qu'en réalité elles ne le sont pas et qu'entre le Plaisir oisif et la Vertu il faut choisir cette dernière. Le conte de fées ne nous aborde jamais aussi directement, ne nous dit jamais tout à trac quel doit être notre choix. Au contraire, il aide l'enfant à développer son désir d'une conscience plus haute par le truchement de ce qui est impliqué dans l'histoire. Le conte de fées nous convainc par l'appel qu'il lance à notre imagination et par l'enchaînement séduisant des événements qui nous sollicitent. »

Bruno Bettelheim, *Psychanalyse des contes de fées*,
édition Robert Laffont, Paris, 1976.

BIBLIOGRAPHIE FILMOGRAPHIE

Éditions de l'œuvre

Antoine Galland, *Les Mille et Une Nuits*, Classiques Garnier, Paris, 1988.

Joseph Charles Mardrus, *Les Mille et Une Nuits*, Robert Laffont, Paris, coll. « Bouquins », 1999.

André Miquel et Jamel Eddine Bencheikh, *Les Mille et Une Nuits*, Paris, Gallimard, coll. « Folio classique », 2001.

Études

Jamel Eddine Bencheikh, *Alf layla wa layla*, dans *Encyclopaedia Universalis*, Paris, tome 11, 1971, p. 29-30.

Jamel Eddine Bencheikh, *Les Mille et Une Nuits ou la parole prisonnière*, Paris, Gallimard, 1988.

Jamel Eddine Bencheikh, Claude Bremond et André Miquel, *Mille et un contes de la nuit*, Paris, Gallimard, 1991.

Bruno Bettelheim, *Psychanalyse des contes de fées*, Paris, Robert Laffont, 1976.

Sylvette Larzul, *Les Traductions françaises des Mille et Une Nuits,* Paris, L'Harmattan, 1996.

Georges May, *Les Mille et Une Nuits d'Antoine Galland*, Paris, PUF, 1986.

André Miquel, *Sept Contes des Mille et Une Nuits, ou il n'y a pas de contes innocents*, Paris, Sindbad, 1981.

Jean Sauvaget, *Relation de la Chine et de l'Inde*, Paris, Les Belles Lettres, 1948.

Edgar Weber, *Le Secret des Mille et Une Nuits,* Eché, 1987.

Filmographie

Les Mille et Une Nuits, Pier Paolo Pasolini, 1974.

Direction de la collection : Chantal LAMBRECHTS, avec le concours de Fabien SÉE.

Direction éditoriale : Line KAROUBI.

Édition : Marie-Hélène CHRISTENSEN.

Lecture-correction : service Lecture-correction Larousse.

Direction artistique : Ulrike MEINDL.

Recherche iconographique : Nathalie LASSERRE.

Couverture : Arnaud MADELÉNAT.

Responsable de fabrication : Marlène DELBEKEN.

Mise en page PPC-Paris
Imprimé en France par Mame à Tours
Dépôt légal : Août 2004
N° Projet : 10108095 - Août 2004